イ
聖女
と言われたの
のんびり
暮らそうと思います
2
日之影ソラ
Illust. Chum

フレメア
ユースティティア王国の聖女だったが「偽物」騒動で追放されて、今はユーレアスの街の教会で暮らしている。聖女として振る舞うとき以外はだらけた生活態度で、いつもロランに手を焼かれている。
ロラン
聖女フレメアの専属騎士として、彼女の護衛と身の回りの世話係を務めていた。フレメアと一緒にユーレアスにやってきてからは、彼女の世話をしつつ、冒険者としても活動している。実は先代魔王である父と人間の母の間に生まれた混血。
チェシャ
ロランを「若様」と呼んで慕う猫又の少女。普段は黒猫の姿だが人型にもなれる。魔界を去ったロランを十年以上捜していた。今はフレメアたちと一緒に教会に住み、街の見回りなどを日課にしている。
マッシュ
セシリー
ルナ
ロランの冒険者仲間。マッシュは戦士、セシリーは弓使い、ルナは魔法使いで、
特にセシリーはよくフレメアの相談にのるなど、フレメアとも仲が良い。

ユースティティア王国に百年に一人誕生する聖女として、人々のために祈りを捧げ続けていたフレメア。しかし突如として偽物の烙印を押され、王都を追放されてしまう。護衛騎士で世話係でもあるロランと二人、流れ着いた辺境の街ユーレアスでのんびり田舎暮らしを始めることに。

街の流行病を癒したり、黒猫のチェシャを拾ったり、謎の伝染病が蔓延する王都を救いに戻ったりしながらも、フレメアは次第にロランに対する気持ちを意識していく……。

そんな折、ユーレアスを襲った魔物の軍勢——その標的は聖女であるフレメアだった。

せっかく見つけた居場所を自らの存在が危険にさらしていることに苦悩するフレメア。愛する人の居場所を守るため、そして自らの因縁を断つため、自身が先代魔王の息子だと打ち明けたロランは、全ての元凶である魔王を討つために仲間とともに旅立つ。

そして、激しい戦いの末に魔王を倒し帰還したロランとそれを迎えるフレメア。再会した二人はずっと胸に秘めてきた思いを口にするのだった。

「聖女様、私は貴女を——愛しています」

「私も……大好きよ」

CONTENTS

第一章　もう一人の聖女

　クラリカ王国、ユーレアスの街。海の青と森の緑。豊かな自然に囲まれたその街は、以前から観光地として有名だったと聞く。

　毎年多くの人が訪れ、住みやすさに惹かれて永住する人も多いとか。

　そんなユーレアスの街は今、別の理由から多くの人々が訪れる地となっていた。

　住宅街や商店街から離れ、坂道を登ればたどり着く。その小さな教会には、一組の聖女と牧師がいる。

「聖女様、この子が無事に生まれるように神様へお祈りしていただけないでしょうか」

「もちろんです。ともに祈りましょう」

　時には初の我が子を身ごもった母親が、不安と期待を胸に頼ってくることもある。

　聖女の祈りは、正しき生を祝福し、一切の汚れを祓《はら》う。

　彼女と共に祈りを捧げると、生まれてくる子供は健やかに成長し、幸せを掴《つか》むと噂されていた。

「その……母と喧嘩してしまって」

「そうなのですね。失礼ながら、喧嘩の理由をお聞かせください」

祈りを目的にする者だけに留まらない。

内に秘められた悩み、想いを打ち明け共有し、言葉で正しく導くことも聖女の役割だ。

「母は許してくれるでしょうか……」

「大丈夫です。仲直りをしたい、そう貴女が思っているのであれば、言葉を交わすことも出来ます。必ず気持ちは伝わるでしょう」

優しくさとし、聖女は微笑む。

その笑顔は太陽の日差しのように温かく、ふかふかの布団のように心地よい。

祈りも言葉も必要なく、ただ笑顔を見るためだけに、教会を訪れる者もいるかもしれない。

かつて街へ降りかかった災厄に対し、牧師と共に挑んだこともあった。

まさに聖女と呼ばれるにふさわしい女性だと、噂は街の外へ……。

さらには王国の外にまで広まりつつあった。

◇◇◇

教会の窓から夕焼けが見える。

この時間になると、押し寄せていた人々は一人も残っていない。

静かになった教会で――

「はぁ～。やっと終わったわ」

私は豪快にため息をこぼした。

ぐでーっと聖女らしからぬだらけっぷりを見せているが、これが本来の私だ。

美しく、正しく、誰もが憧れる聖女様なんて演技に過ぎない。

本当はいつだって、ラクをする方法を考えている。そんな私を見守りながら、呆れたように彼は笑う。

「聖女様、また気を抜きすぎですよ」

「良いじゃない。もう誰も見ていないわ」

「私が見ているのですが?」

「ロランは特別よ」

「何やら嬉しいお言葉ですが、そうダラケた姿で言われても……複雑な気分ですね」

ロランはやれやれと首を振っている。

彼とのやり取りもいつも通り。普段は聖女らしく振舞っている私だけど、彼の前だけでは気楽にいられる。私にとっての拠り所で、一番安心できる場所。

「ダラケるならせめて奥へ。私は夕食の支度をしますので、しばらくお待ちください」

「ええ。楽しみにしているわ」

私に手を差し伸べるロラン。その手を握って、優しく引き起こされ、一緒に奥の部屋へと入る。

遅れて黒猫のチェシャが台から飛び降りて、私たちの後に続いた。

台所に立つロランを、私はじっと見つめている。チェシャが私の膝に乗っていて、ゆったり寛ぎながら待つ。

何気ない日常の一コマだけど、私にとっては心地よくて好きな時間だったり。

トントントンと野菜を切る音。ぐつぐつ煮込んだスープが、食欲を刺激してきて困る。

穏やかな時間が流れる。

ついこの間……ううん、四か月と少し前。世界を揺るがすほど激しい戦いが起こっていた。

ロランはそんな戦いの渦中にいて、私は彼の無事を祈り続けていた……

なんてことがあったのに、今ではすっかり平和になって思い出話にすらなっている。

「お待たせしました」

しばらく経って、ロランが料理を持ってきてくれた。

テーブルに並んだ美味しそうな料理の数々に、私のお腹はグーグー鳴りそう。

早く食べたくて仕方がないって騒いでいる。

「いただきます」

ロランの料理は絶品だわ。ずっと味わっていても飽きさせない工夫もある。

彼の料理を食べたら、他が全部味気なく感じてしまうかも。

それくらい美味しい、とか言うとロランは照れながら「大げさですよ」と笑う。

「ねぇロラン」

「何ですか？」

「気のせいかもしれないのだけど、何だか最近またお客さんが増えていないかしら？」

「ああ、気のせいではないですね」

やっぱりそうなんだ。

「それから恋愛相談も増えたと思うのだけど……」

「その手の相談は今更では？」

「ううん、もっと増えてる気がするの」

「私は直接伺っていないので何とも。ですが聖女様がそうおっしゃるなら事実なのでしょう」

あの日。ロランが戦いから帰還して、私に——告白してくれた日を境に、街では私たちの話で盛り上がっていた。

街一番のカップルとか、約束された恋人とか。

いろんな噂が広まっていて、教会にも私たちを一目見ようとするお客さんも増えていたわ。

その日くらいから、一日の半数が恋愛相談になることもあったり。

「落ち着いてきたと思ったのに……」

「ははは、賑やかな街ですからね。当分は続くでしょう」

「そうね。外から来る人も増えているし、明日も大変そうだわ」

「はい。今日は十分に休んでください」

明日も私は教会で彼らを待つ。

聖女がいる街。ここユーレアスがそう呼ばれている限り、忙しい日々が続きそうだ。

以前、いつだったかは忘れたけど、ロランとこんな話をした。

「ねぇロラン、私以外の聖女っているのかな？」

「急にどうしたのです？　何かお体に不調でも？」

「ううん、何となく思っただけ」

王国でインチキ呼ばわりされた時も、同じことを考えていた気がする。

そもそも聖女って何なのか、とか。王女様は偽者だったけど、私以外に本当にいないのかな。

「それでロランはどう思うの？」

「う～ん、難しいですねぇ。私も聖女様以外とは会ったことがありませんので。王国に伝わっていた伝承でも、百年に一人とされていますし。次の誰かへ受け継がれていくものであれば、聖女様はただ一人になりますね」

「そうね～」

「聖女様はどっちが良いですか？」

「どっち？」

ロランは変わった聞き方をしてきた。

私が聞き返すと、ロランはニコリと微笑んで言う。

「聖女様以外にいないのと、いる方、どちらのほうが嬉しいかなと」

「嬉しいか……ねぇ。難しい質問だわ」

あんな経験をしてしまったし、もめ事になるなら一人が良い。

だけどもし、友好的な誰かが聖女としているのなら……。

「会ってはみたいわね。仲良くなれるかもしれないし」

「そうですね。その際は私が、全身全霊をもって御もてなしさせて頂きましょう」

張り切っているロランを見て、私はおかしくて笑ってしまった。

この時の私は、ただの空想でしかないと思っていたから。

きっとロランも同じだったと思う。

◇◇◇

「では行ってきます」

「ええ」

ロランは冒険者のお仕事の日。

朝早くから支度して、私とチェシャでお見送りをする。

「チェシャ」

ロランが呼ぶと、黒猫のチェシャは人型の姿に変身する。

「俺がいない間、聖女様をしっかり守ってくれ」

「任せてほしいっす！」

チェシャはピシッと背筋を伸ばし敬礼した。

最初はおおげさだなぁとか思っていたけど、数々の事件を経ている今は、私も気を付けなきゃと思う。でも、一番気を付けてほしいのはやっぱりロランだ。

「無茶しないでね」

「はい」

「ちゃんと帰ってきてね」

「わかっていますよ。私は決して、聖女様を置いて消えたりしません」

「そうね……信じているわ」

「はい」

私とロランはギュッと抱きしめ合う。

彼が冒険者のお仕事に出発する日は、いつもこうしてハグをする。

こうすると安心できて、少しだけホッとするから。そんな私たちを横から見ているチェシャからは……。

「朝からラブラブっすね～」

とからかわれていた。

そうしてロランは手を振り、教会を後にする。

残された私たちは、しばらくお留守番だ。

◇◇◇

教会を出た俺は、まっすぐ冒険者組合に向かった。

心配になって何度か振り返ったりしたが、組合では仲間たちも待っている。

冒険者組合に到着して、扉を開ける。カランカランというベルの音で、近くにいた何人かが気付いた。俺の名前を口にして、手を振り挨拶をしてくれる者も多い。

「おっ、来たかロラン」

「おはよう、マッシュ」

「おう！」

マッシュのいる席には、パーティーメンバーのセシリーとルナが一緒にいる。

「お待たせセシリー、ルナも」

「待ってないわ。私たちもついさっき着いたところよ」

「紙一重の差だった」

「そっか。じゃあ依頼もまだ決めてないのか？」

「いんや、実はオレら宛の依頼が一個きてんだよな～」

「俺たちに？」

確認するようにセシリーへ視線を向ける。

彼女はこくりと頷き、マッシュへ視線を戻す。すると、彼は懐から一枚の依頼書を取り出し、テーブルの上に広げた。

「こいつだ」

「盗賊退治……か？」

「そっ！　隣町から届いた依頼でよぉ〜。いろんな街で悪さした盗賊集団が、こっちに逃げてるらしいんだわ」

マッシュの話に耳を傾けながら、依頼書にも目を通す。

隣町と言っても、少し距離が離れている。

馬車でも二、三日かかるが、そこをわざわざ逃げてきているのか。

確認されている構成人数は二十人以上。それと、気になる名前が書かれていた。

「このトカゲの尻尾って？」

「それは有名な盗賊集団」

ルナがそう教えてくれた。続けてセシリーが説明する。

「五年くらい前から活動してる集団よ。年々規模が大きくなっているらしくて、王国も手を焼いているみたいね」

「今回のターゲットはその中の一部隊ってことだな！」

「なるほど」

「ちなみに、人も攫《さら》われてるって話だぜ」

マッシュが真剣な眼差しでそう言った。

依頼書にも書かれていたが、女子供をターゲットにして、奴隷として売りさばいているらしい。

「見過ごせねぇよな？」

「ああ」

「はっ！　ロランならそう言うと思ったぜ」

満場一致、拒否はなく依頼が決定した。

人を攫ってお金を得る。そんな悪い行いをしている奴らには、痛い目を見てもらうとしよう。


ユーレアスの街郊外の森。魔物出没危険地帯の獣道を、俺たちのパーティーは進んでいた。

マッシュが地図と依頼書を交互に見ながら言う。

「情報によるとこっち方面みてーだな」

「こっちに道なんてあったかしら？」

「もうちょい越えた先にあるぜ」

「確か、街には入らない道？」

「それ！」

マッシュがルナを指さしながら正解だと教える。

街へ続く道ではなく、街をぐるっと避けて通る道らしい。

そのためあまり使われておらず、整備も行き届いていないとか。

「でけー荷物を隠れて運ぶにはもってこいの道ってわけだ」

「で、どうするつもりだ？」

「待ち伏せて、奇襲するってのは？」

「良いと思う。こっちは人数的に不利だし、人質を使われる隙を生むのも面倒だ」

「おう！　んじゃ電光石火の救出劇といこうぜ！」

マッシュは気合を入れるように両こぶしを合わせる。

セシリーとルナもやる気十分の様子。そうして時間は過ぎ——

◇◇◇

ガタガタゴトン。馬車が道を進んでいる。

道らしく左右は区切られているが、整備はされておらずガタガタだ。

石や地面の盛り上がりに乗ると、馬車が大きく揺れる。

揺れは中にいる者たちに伝わり、肩や腰を打ち付けていた。

「ちっ、痛ってーなー。もうちっと安全に進めねーのか？」

「勘弁してくれよ。こんな道だぞ？　これでも安全な方だって」

「あーあ、面倒だな」

「そう言うなって。アジトに着く前に、好きな奴選んでよぉ」

「いいなそれ。どうせわかりゃしねーしよ」

馬車を運転する二人が下衆《げす》な笑い声を響かせる。

他の馬車の運転手たちや護衛にも、その笑い声は届いていた。

そのいやらしい妄想は、他の者たちも考えている。

護衛と言うつまらない任を課せられた彼らにとって、荷である奴隷を好き勝手に出来る一時的な権利は、鬱憤ばらしには丁度良かった。

ふざけるな――

「ん？　何か言ったか？」

「いいや、何も言ってねーけど？」

彼らはまだ気付いていない。怒りが滲《にじ》み出そうになったが、ギリギリで堪《こら》えた。俺は小さく深呼吸をして、心と身体の準備を整える。

「いくぞ、ルナ」

「了解」

作戦――開始だ。

「搦《から》めとれ」

「アースバインド」

俺とルナ、二人の魔法が発動する。

アースバインド。その効果は、地中から巨大な木の根を生やし、対象を固定する。

通りかかった五台の馬車の足元に魔法陣が展開され、木の根でガチガチに固める。これで魔法を解除しない限り進めない。

「なっ、敵襲だ！」

盗賊たちが武器をとり、警戒態勢に入っている。

何人かは魔法使いもいるようだ。

「ルナ！　魔法の維持頼むぜ！」

「任せて」

マッシュが大剣を抜く。

「セシリーは援護を頼むよ」

「了解」

セシリーが弓矢を構え、俺は腰の剣を抜く。

後は手はず通り、盗賊たちを無力化していくだけだ。

「いくぜロラン！」

「ああ！」

戦闘が開始される。

ルナが魔法を維持している間、俺とマッシュが中心となって盗賊をたたく。

「オラオラ！　降伏するなら今の内だぜ！」

マッシュが大剣を振り回し、盗賊たちの武器を破壊していく。

降伏するならとか言っているが、元々許すつもりなんてないのにな。

「こいつら――うっ！」

マッシュに弓を構えた男の腕を、セシリーの放った矢が貫く。

後方に気付いたマッシュがニヤリと笑い、大剣の柄で男を馬車から叩き落とす。

「ナイスだぜ！」

セシリーの役目は援護だ。

森の中で場所をかえつつ、俺たちを狙う中距離以上の敵を落とす。すでに魔法使いは無力化されている。

「さすがだな」

俺も負けていられないと、迫る盗賊たちに剣を振るう。

武器を弾き、懐へ入って鳩尾《みぞおち》に一発。それを連続で繰り返し、流れるように敵を制圧していった。

「う、うそだろ……」

唖然《あぜん》とする盗賊の生き残り。

彼らは知らない。俺が何者であるのかを。

彼らは知らない。俺の仲間たちが、どれほど強くなったのかを。

人数差は二十対四。ただし、人数では埋まらない実力差が、両者にはあった。

「ふぅ～。楽勝だったな」

「ああ、お疲れ様。二人も」

「ええ」

「うん」

作戦開始からわずか一分半。盗賊たちは無力化され、一人残らず地面に倒れている。

「ルナ」

「うん」

ルナが魔法の効果を解除した。木の根は崩れ、馬車が解放される。

中には盗んだ物品だけでなく、人も囚われていると聞くが……。

「思ったより静かだな」

マッシュの言う通りだ。

もっと騒いだり、助けを求めたりすると思ったのに。ただ、その理由はすぐにわかった。

馬車の二つはアイテム等の物品が積まれ、残りの三つには人が乗っている。

魔法による効果で眠らされた状態で。

「そういうことか」

「なるほど。こりゃー騒がねぇわな」

やれやれとジェスチャーするマッシュ。

「俺とルナで魔法は解除しよう」

「んじゃオレはロランを手伝うぜ。セシリーはルナのほう頼む」

二人は頷き、別の馬車へ入る。

俺とマッシュは、目の前の人たちを起こす準備に取り掛かる。と、そう思ったとき、マッシュが何かを見つける。

「お、おい！　ロラン」

「どうした？」

チョイチョイと手招きするマッシュ。俺が近づき、その人に目を向ける。

——似ている。

一目見た時の感想は、その一言だった。

そして、同時に驚愕する。

彼女の胸元には、俺が良く知っている刻印が刻まれていた。

「なぁ、これって……」

「聖女の……印？」

聖女に選ばれた者には、胸に特別な刻印が現れる。

刻印は主と交わした契約の証。その身をもって主の導きを示し、体現することを約束するもの。ある種、縛りのようなものでもある。聖女の刻印は消えることがない。消えるときは、死を迎えた時だけである。

「なぁおい、この子も聖女なのかよ」

「……わからない。でも、この印は間違いなく聖女様と同じだ」

俺は困惑していた。

これまでの人生で上位に入るほど。突然のことで、錯乱していたと言っても良い。だから……。

「ロラン？」

俺は徐《おもむろ》に、彼女の胸元へ手を伸ばし、その肌に触れた。

「ねぇちょっと、二人とも遅い……わよ」

「あっ」

倒れている女の子。はだけた胸元に手を触れる男と、それを見ている男。端《はた》から見た図は、間違いなく犯罪者だった。

「何やってるのよ！」

パチン！

高いビンタの音が馬車から外に響く。それも二つ。

「聖女の刻印？」

「ああ。胸元に聖女様と同じ刻印があったんだ」

俺とマッシュは地べたに正座させられていた。

目の前には腕を組んだセシリー。ルナは印のあった女性の馬車にいる。

事情を説明すると、セシリーはため息を漏らして言う。

「それなら早く言いなさいよ」

「いや、無理だって」

「つーか何で俺まで？」

ビンタで赤く痕がついた俺とマッシュ。彼に関しては完全にとばっちりだ。

マッシュ……心の底からすまないと思っている。

ようやく誤解の解けた俺たちは、正座から立ち上がり、膝についた土を払う。

「他の人たちは？」

「見ての通りよ」

セシリーが身振りで示したように、囚われていた人たちは目を覚まし、馬車から外に出ていた。

魔法で眠らされてはいたけど、皆大きな怪我はない様子。一先《ひとま》ずほっとするが、まだ問題があった。

俺が馬車に視線を向けると、ちょうどルナが戻ってくる。

「どうだった？」

「ダメ」

ルナは首を横に振ってそう言った。

他の人たちの魔法は、俺とルナで解除することが出来た。

しかし、印のあった彼女だけは、俺の魔法では解除できなかった。

ルナにも試してもらったが、言った通りできなかったらしい。

「二人とも無理ってことはよぉ～。魔法じゃねぇのかもな」

「わからない。胸の刻印もそうだが、彼女だけ明らかに異質だ」

俺たちは四人で馬車へ戻り、眠っている彼女を再確認する。

ぐっすり眠っていて、苦しそうな様子はない。脈や呼吸数も確認したが、正常範囲内にとどまっている。

それにしても……。

「似てるわね」

セシリーがぼそりと呟いた。やはり誰が見てもそう思うのか。

彼女は聖女様によく似ている。

黄金の髪は、僅《わず》かに聖女様より緑がかっている気がする。気にならない程度だが、違いはそのくらいだ。

おそらく目の色も青いのだろうと勝手に想像している。

「どうするよ」

「……聖女様の所に連れて行こう」

「賛成ね。私たちで無理でも、フレメアならわかるかもしれないわ」

ルナもこくりと頷いている。

刻印も含め、この状況をどうにか出来るとすれば、聖女様だけだと思った。

他の女性たちは三人に任せ、俺は彼女をおぶり、先に教会へ戻ることに。

◇◇◇

「……退屈だわ」

「そうっすね～」

私はチェシャと二人でのんびり過ごしていた。

特にやることもなく、ダラーッとソファーに座っている。ベッドで横になると寝てしまいそう。

ふと、時計を見る。

「そろそろロランが帰って来る時間ね」

「あ、もうそんな時間っすか」

チェシャが先に起き上がり、猫の姿にスルッと変身。私もゆっくり身体を起こしてから背伸びをして、祭壇のほうへ歩く。

ロランが帰ってきたら、一番にお出迎えできるように。

そして、私が祭壇へ出る扉を開けると――

ガチャ。

教会の扉も一緒に開いた。

ロランが帰って来たんだ！

そう思うと、自然に表情が緩む。

「ただいま戻りました」

「おかえりな……」

ただ、今日に限っては様子が違った。

帰って来たロランの背中には、綺麗な髪をした女の子がいる。

ロ、ロロ、ロランが女の子を連れてきた!?

え、えぇ!?

誰なのあの子は！

頭の中はプチパニック状態になって、しばらく固まる。

当のロランは冷静に女の子をおぶり直し、私の近くまで歩み寄る。

「聖女様、この女性なのですが……聖女様？」

「ロ、ロラン……」

「はい」

「すぐに返してきなさい」

「え？　あ、いや……拾ってきたわけではないので……」

呆れ顔のロラン。たぶん、この時に私の動揺は伝わったと思う。

彼から説明を聞いた後、その女の子を私のベッドに寝かせた。

胸元をのぞき込むと、確かに刻印がある。

自分の刻印と見比べれば、同じだというのはハッキリわかった。

「この女性も聖女なのでしょうか？」

「そうだと思うわ。私と同じ力を持ってる……うっすらだけど、主の加護が見えるもの」

「そうなのですか？　私にはさっぱりですね」

聖女にしか見えないのだろう。

ロランは首を傾げているが、私には見えていた。

この子は私と同じ聖女の力を持っている。

眠っているのは、その力による防衛能力のようなものだ。

「つまり、自分の意思で眠っていると？」

「そうよ。私ならたぶん起こせるわ」

聖女の祈り。彼女に向けて、その力を行使する。

崇めている主は違うかもしれないけど、力そのものは同質。

私の力に当てられれば、彼女は目覚めるはず。

そうして――

「う……」

「本当だ！　目が覚めたようですね」

私はホッとする。

女の子はゆっくりと瞼《まぶた》をあけ、綺麗な青い瞳を見せる。

私と同じ瞳の色。やっぱりこの子は……。

「大丈夫ですか？」

「……」

ロランが優しく彼女に話しかけた。安心させるような口調で、ニッコリと笑いかける。

目が覚めたようだし、色々と聞きたい。そう思っていたのだが――

「……ぉ」

「お？」

「男のひとぉぉ！」

「うっ！」

「ロラン!?」

バチンと響き渡る平手打ちの音。目覚めた女の子は、優しく微笑んだロランの頬を、真っ赤にする勢いで叩いた。

ちなみに、ロランが一日で二回もビンタされたと知ったのは、この少し後のことだ。

平手打ちは気持ちの良い音を鳴らすのだと、このとき初めて知った。

って、そんなことよりロラン！

「大丈夫!?」

「だ、大丈夫です……まさか一日に二回も受けるとは」

「え、二回？」

「後で話します。それより彼女を」

ロランが視線で教える。

目が覚めた女の子は、怯《おび》えた顔でこちらを見ていた。

ガタガタと震えて、今にも泣きだしそうだ。

「だ、誰ですか？　ここはどこ……」

「落ち着いて。私たちは危ない人じゃないわ。盗賊に捕まっていた貴女を、彼が助けてくれたのよ」

「えっ……盗賊？」

首を傾げる女の子。思い出したのか、ハッと気付いた様子。キョロキョロと周囲を見回している。

「ここはユーレアスの街にある教会よ」

「教会？」

「そう。私はこの教会の聖女フレメア。こっちは牧師の」

「ロランです。目が覚めて良かったですよ」

ロランは優しく微笑みかける。

平手打ちを受けたのに紳士的な対応を続けるなんて、さすがロランだわ。

対して女の子はまだ怯えている様子。私たちというより、ロランを警戒しているみたい。

男と叫んでいたし、たぶん男の人が苦手なのかしら？

ロランもそう察したのか、私の耳元で小さく囁《ささや》く。

「申し訳ありませんが、私だと怖がらせてしまうようなので」

「そうね」

任せてと言い、私はおほんと咳ばらいをする。

「貴女のお名前を教えてもらえるかしら？」

「……リール？」

なぜかちょっぴり疑問形だったけど、彼女の名前はリールというらしい。

さて、色々と聞きたいことはあるし、まずは身元を確認しましょう。

「リールは隣街に住んでいたの？」

首を横に振る。

「じゃあもっと前の街で盗賊に捕まったのかしら？」

また首を振る。

「違うの？　じゃあどこの出身なのかしら？　わかれば街まで送ることも出来るのだけど」

「……わ、わかりません」

「えっ？」

「わたし……その、気が付いたら変な遺跡にいて。自分の名前しか、思い出せなくて」

リールは申し訳なさそうに語る。

詳しい話を聞くと、どこかの遺跡の石ベッドで目覚めた彼女は、わけもわからず周囲をさまよっていたらしい。

その途中で不運にも盗賊に見つかり、捉えられてしまったのだとか。

私とロランは互いに顔を見合って首を傾げる。

「じゃあ、その胸の印は？」

「印……？」

初めて見たような反応を見せるリール。胸に印があったことも、この様子では知らなかったようだ。

ゴシゴシとこすっているが、それで刻印が消えることはない。

私も昔、試したことがあるから知っている。

「何これ」

「それは聖女の印よ」

「聖女？」

「私にもあるわ」

そう言いながら、私も胸元が見えるようにした。同じ刻印だと見せ、少し安心してくれると嬉しい。彼女は自分と私の刻印を何度も見返している。

「経緯はわからないけど、貴女は私と同じ聖女みたいなの」

「あの……聖女って何でしょう？」

それも知らないのね。ううん、私も初めて刻印が出た時はわからなかった。

王国の人間でなければ、質《たち》の悪い落書きと思ったかもしれない。

私は簡単に、わかりやすく聖女について説明した。

難しい部分もあるけど、何とか納得してくれた様子。

「貴女も見えるでしょう？　私からうっすらオーラみたいなものが」

「……見えます。ホワホワしてる」

「そのホワホワが主の加護よ。祈りを捧げたこととか、傷を治したりしたことはある？」

ぶんぶんと彼女は首を振った。

聖女のことも知らなかったし、自分の力も理解できてないみたい。

さっき眠っていたのも、聖女の力が無意識に働いていたからだと思う。

「他に何か覚えていることは？」

「……ごめんなさい」

「そう」

聞き出せる情報はこれだけだった。

祈りで記憶を取り戻すなんてことは出来ないし、身元を調べるのも難しい。これからどうするか、という問題が浮かんで、私では考えがまとまらない。

「ロラン」

「そうですね……」

彼も話を聞いていて、頭の中で整理している。しばらく待って、ロランが一つの提案を口にする。

「明日から街で聞き込みをしましょう。ユーレアスには、他の街からの観光客も多いですし、教会を訪れた方々からも情報が得られるかもしれません。身元さえわかれば、後は送り届けるだけですからね」

「それまでは？」

「一先ずここに泊めてあげましょう。この状態で放り出すなんて、可哀想なことは出来ませんから」

「そうね。リールはそれでもいい？」

「……」

　私が尋ねると、ロランをチラッと見た。

「男の人が怖いの？」

「……はい。怖い人たちに捕まって……それで」

「盗賊たちですね。確かに男しかいませんでしたから」

　そういうトラウマなのね。

　理由を知ってしまうと、彼女を責めることも出来ないわ。

「必要であれば、私が外へ出ますが」

「それはダメよ！　ロランがいなかったら私とチェシャだけになるわ！　とても生活なんて出来ないわよ」

「そ、そんな堂々と言われましても……」

　ロランを外で生活させるなんて論外だわ。

　それなら私もロランと一緒に野宿でもするわよ。

「あ、あの……そ、その人は……悪い人じゃないんですよね？」

「もちろんよ！　世界で一番優しい人だわ！　だから安心して」

「……わかりました」

まだ怯え口調だけど、一先ず納得してくれたみたい。

これで一先ず、ロランと離れて生活する必要はなさそう。

私はほっと一安心していた。

◇◇◇

月明かりが美しい夜。時計の針は午前零時を越えている。

聖女様はとっくにお休みになられていて、もう一人の聖女リールも眠っている。

「チェシャ、いるか？」

「ここにいるでありますよ！　若様」

俺はチェシャと教会の外で会っていた。

「彼女、リールのことだが……チェシャはどう思う？」

「若様が助けた娘のことっすよね？　う～ん、正直怪しいっちゃ怪しいっすね」

「やはりお前もそう思うか」

記憶喪失。その一つをとっても胡散臭《うさんくさ》い。

助けてきたのは俺だから、放り投げるわけにもいかないけど、可能なら他の誰かにお願いしたいところだ。

　聖女の刻印さえなければ……。

「はぁ。チェシャ、悪いがリールを監視してくれ。俺は警戒されているから、あまり踏み込んではいけないんだ」

「了解であります！」

「それから、可能な範囲で良い。彼女についてわかることがあったら調べておいてくれ。今は情報が足りなさすぎる」

「任されたっすよ！」

　ピシッと敬礼をしたチェシャが黒猫の姿に戻り、颯爽と教会を離れていく。

　別に今から行けと言ったつもりはないのだが、チェシャは夜のほうが元気だし、まぁいいかと見送った。

　チェシャがいない間は、遠目でもリールを自分が監視しなくてはならない。

　俺は教会の中に戻ろうと、くるっと向きを変える。

　夜風が吹き、ブルッと震える。

「少し冷えるな」

　そろそろ寒い季節がやってくる。

　風邪をひかないように気を付けなくては、聖女様に心配をかけるな。

　俺は教会へ入り、部屋に戻ろうと思った。

ふと、廊下に誰かの気配を感じて立ち止まる。

聖女様？

いや……。

「リール？」

暗い廊下に一人立っていたのはリールだ。しかし、何だか雰囲気が違う。

どこかトゲトゲしくて、野生の獣に威嚇されているような——

リールが笑う。

瞳の色が青色ではなく、エメラルドグリーンに変化していた。

そして、まっすぐこちらに突っ込んでくる。

「何を——」

華麗な立ち回りと豪快なステップで、俺の背後を取ろうとしてきた。

昼間の様子からは想像もつかないような身のこなし。格闘家のように俺を殴ろうとしてくる。

その手をパシッと摑んで止め、身動きを封じる。

「お生憎様《あいにく》、今日はもう二度もビンタされているからね。もう受けないよ」

「ちっ！　放せ！」

リールは暴れて抵抗しようとする。

俺は手荒だが、強引に彼女を引き寄せ放し、廊下の壁に押し付けて動けなくする。

「っ……放せよゲス野郎！　お前ら盗賊の商品になんてならねーぞ！」

「盗賊？　俺は盗賊じゃないぞ」

「ふざけんな！　あたしらを攫っていきやがって！　こんな変な場所まで連れてきて言うことか！」

「変な場所とは失礼だね。ここは俺と聖女様が暮らす神聖な教会だよ」

「はぁ？　教会？　んなわけ……」

急に彼女の力が抜けていく。

抵抗を止めたのか、腕や足をバタつかせなくなった。

「さて、君は誰かな？　リールじゃないだろう」

明らかに雰囲気が違う。

昼間のあれが本人だとして、何者かに操られているのか。はたまたこちらが本性で、俺たちを騙《だま》すほどの策士だったのか。

どちらにせよ、聖女様の敵なら容赦しないが。

と、警戒していた俺だが、予想外の反応が返ってくる。

「リール？　お前はこいつを知っているのか？」

「知っているも何も昼間に」

「話したのか？」

「……ああ」

彼女はしばらく黙り込んでいた。

考えてる様子だが、何かを悟ったように俺を見る。

「あたしはリールじゃない。でもリールでもある」

「は？　何を言っている？」

「あたしはリル。リールの中にいるもう一つの人格だよ」

「もう一人の……人格？」

その後、落ち着きを取り戻した彼女をつれ、食堂で話をすることになった。

暴れる様子はないし、敵意もなくなっている。

一先ずは大丈夫だろうと安堵しつつ、俺は先にここへ至るまでの経緯を彼女に伝えた。

「そうか……あんたが助けてくれたのか」

「ああ。で、次は君の番だ」

「あたしのことはさっき話しただろ？」

「別の人格だとしか聞いていない。もっと詳しく話してくれ」

彼女は嫌そうな顔をしたが、渋々話を始めてくれた。

「こいつは……リールは寂しがり屋で怖がりだった。一人でいるのが嫌で、いつの間にかあたしっていう別の人格が出来上がってたんだよ」

「抽象的だな」

「仕方ないだろ。あたしだって詳しくわかんないんだから……」

なるほど。とりあえず、別の人格だというのは納得がいく。

根拠はないけど、そうなのだろうと思う。

昼間の彼女からは考えられないような乱暴な口調に態度。雰囲気から別人で、敵意こそあったけど、それは俺が盗賊だと勘違いしていたからで。

今はすっかり大人しいし。

「えっと、リル？」

「何？」

「君のことをリールは知っているのかな？」

「いいや、知らないよ」

「そうなのか。じゃあどういうときに人格が変わるんだ？」

「基本はこいつが寝ている時だよ。あとは嫌なことがあったり、逃げ出したくなるとあたしに変わることが多いな」

リルは呆れたような表情でそう語った。

何となくだが、リルという人格を生み出した理由は、その辺りの逃避に関係がありそうだ。

二重人格。一種の病であり、様々な原因で起こりうる症状。自分の中に自分ではない人格をもう一つ、あるいは複数持つ者がいる。

医学書にもその記述が残っていたが、まさか実在するとは思わなかったな。

「眠っている時に君が出てくるなら、どうして昼間は出てこなかった？」

「ああ、それはたぶんよくわかんない力で眠ってたからだと思う」

「よくわからない……聖女の力か」

「聖女？　これってそんな名前なのか？」

どうやらリール同様、彼女も聖女については知らない様子。その辺りも説明しつつ、こちらが知りたい情報についても質問していく。

「リールは自分の出生や故郷については覚えていなかった。君はどこまで知っている？」

「あたしも知らないよ。あたしが覚えてるのも、小さな遺跡で目覚めた時からだし。そもそもあたしはリールから生まれたんだぞ。こいつより知ってるわけないじゃん」

「なるほど」

これでは手掛かりなしか。

もう少し詳しい事情が聞けると思ったのだがな。

「そ、それよりお前さ」

「お前じゃない。俺はロランだ」

「ん、別にいいだろ名前なんて」

「良くないさ。君だってリルという名前があるだろう？」

「……じゃあロラン」

「何だ？」

「あたしらを……どうするつもり？」

リルは不安げな表情で俺を見つめてくる。

「どうするも何も、どうしようか迷っているところだ」

「そ、それって売り飛ばすとか」

「売り飛ばす？　馬鹿を言わないでくれ。俺たちは盗賊じゃないんだぞ」

「……」

この期に及んで疑いの目を向けるか。

やれやれ。

「悩んでいるのは、君たちが元いた場所に送り届けたいが、手掛かりが何もないということだ。しばらくここで生活してもらうとして、ずっとというわけにもいかないだろ？」

「ほ、ホントか!?」

リルは身を乗り出して尋ねてきた。

「何がだ？」

「あたしらをここに置いてくれるって」

「そうするしかないだろ？　女の子を野宿させるなんて危険だ。何より聖女様の前で、困っている人を見捨てるような真似はできない」

そんなことをすれば、聖女様は俺に幻滅するだろう。

聖女様に嫌われることだけはしたくない。それ以外だったら、何でもする覚悟はあるけど。

「もちろん、君たちがそれを望まないなら尊重するが？」

「う、ううん！　泊めてほしい！　どうせ行くところもないし、ほっとくとこいつ……また変な奴らに捕まるかもしれないから……」

リルは心配そうに自分の胸に手を当てる。

まるで妹を心配するお姉さんだな。

「わかった。それで今さらなんだが、リールは君のことを知らないんだよな？」

「え？　うん、あたしが一方的に知ってるだけ」

「記憶とかはどうなっているんだ？　聞いた感じ、共有している部分はあるみたいだが」

「バラバラ、かな？　覚えてることもあるし、覚えてないこともある。少なくともあたしはだよ。たぶんこいつは全然覚えてないんじゃないかな？」

リルも覚えていることは断片的らしい。

リールが表に出ている間、リルは眠っている状態だから、基本的には覚えていない。

ただし、盗賊との一件のように激しい恐怖を感じたり、感情の高ぶりがあった出来事に関しては、眠っていたリルにも共有されるようだ。

「寝てるのにガンガンうるさいんだよ。助けてって言われてるみたいでさ」

「なるほど。じゃあ俺のほかに、リルの存在を知っている者はいるのか？」

「あたしを知っている奴はいるけど、あたしらを知っているのはロランだけだな」

つまり、二重人格を知っているのは俺だけということか。

違いはリールとして出会っているか、リルとして会っているかということ。ややこしいが、一つの疑問は解消された。

「わかった。ならこのことは、他の誰にも話さないようにしてくれ。特に聖女様には絶対に伝えるな」

「何で？」

「余計な心配をかけるからだ。聖女様は優しくて、甘い人だからな」

この件は大事《おおごと》になるような予感がある。

聖女様が変に首を突っ込まないよう、必要以上に伝えるべきではないと思った。

何よりせっかく平穏を取り戻してきたんだ。

もう二度と、聖女様を心配させたくない。

「それに彼女、リールにも間接的に伝わるのはよくないんじゃないか？」

「どうして？」

「今まで知らなかったことを急にする。それだけでも十分なストレスだ。君の存在を知って、彼女が不安定になったらどうする？」

「た、確かに……わかった。内緒にするよ」

「それで頼む。もしもリルとして聖女様と接するなら、バレないように振舞ってくれよ」

「わかった。頑張る」

リルはそう答えて、俺の顔をじっと見つめてきた。

俺は首を傾げて尋ねる。

「どうしたんだ？」

「いや、ロランって男なのに優しいなって」

「どういう意味だ？」

「だって男って野蛮で不作法でいやらしい奴らばっかりじゃん」

物凄い偏見だな。盗賊のことがあるとは言え、それだけじゃなさそうだ。

「でもロランは優しいし、話してて なんか安心する。あたしらを助けてくれたのがロランで良かったよ」

リルは笑顔を見せた。

その笑顔はどことなく、聖女様に似ていて、ほっとした気分になる。

「そう言ってくれると嬉しいよ」

第二章　聖女見習い

翌朝。いつものように朝食を準備してから、聖女様を起こしに行く。違うのは、一人ではなく二人だということ。

「聖女様、もう朝ですよ」

「う……」

中から聖女様の声が聞こえた。聖女様は目覚めたようだが、もう一人の反応がない。

ドア越しでは見えないので、念のために声をかけてみる。

「リール！　あなたも起きてくださいね」

「え……は、はい！」

リル、ではなくリールの声が聞こえた。

彼女も目が覚めたようで、あとは降りてくるのを待つ。しばらくして、二人が一緒に食堂へやってきた。

「おはようございます。聖女様、リール」

「おはよう……」

「お、おはようございます」

聖女様は眠たそうに目をこすっていて、隣のリールも小さく欠伸《あくび》をする。

やれやれ。聖女の力をもつ者というのは、皆等しく朝に弱いのか？

それよりも気になるのは……。

じーっとリールを見つめる。

「な、何ですか？」

「……いえ、昨日はしっかり眠れましたか？」

「は、はい。お陰様でちゃんと……眠れたと思います」

「そうですか」

なるほど。リルの言っていた通りか。

どうやら本当に、彼女は昨晩のことを覚えていないようだ。

「やれやれ」

「ロラン？」

「何でもありません。さぁ朝食にしましょう」

「そうね。冷めてしまっては勿体《もったい》ないわ。リールも食べましょう」

「は、はい」

ちょうどここでチェシャが戻ってきた。

昨晩から調査に行っているが、何か掴めただろうか。

今は聞けないので、夜にでも話すことにする。

「聖女様、今日は彼女について街で聞いて回りたいのですが、どうでしょう?」

「そうね。街の人たちならリールのことを知っている人がいるかもしれないわ。ここは観光地だし、外からの人も多いでしょうし」

「はい。臨時で教会を閉めることになりますが」

「それは良いわよ。困っている彼女を見過ごせないもの」

「そうですね」

聖女様ならそうおっしゃると思っていた。

さて、何かわかるといいのだが。

◇◇◇

朝食を済ませて、私たちは街を回ることになった。

チェシャは教会でお留守番をしているという。なんだか眠そうだったし丁度良いわ。

「この街は初めて?」

「……はい。見たことがないです」

「そうなの。じゃあせっかくだし私が案内してあげるわ」

「あ、ありがとうございます」

彼女のことを調べるためだけど、しばらくはここで暮らすわけだし、案内は必要よね。

元はよそ者でも、私の方が先輩だし、ちゃんとエスコートしなきちゃ。とか、勝手に張り切っていた。

普段はロランに任せっきりで、誰かを案内するなんて初めてのことだから、ちょっぴりワクワクしていたりもする。

そんな私をロランは優しく見守ってくれていた。

「あら聖女様に牧師様、こんにちは」

「こんにちは奥様」

話しかけてくれたのは、ロランがよく訪れるという野菜屋さんのおばさんだった。

おばさんが私の後ろで隠れているリールに気付く。

「聖女様、後ろの女の子は？」

「彼女はリールです。訳あって昨日から教会で一緒に暮らしているのですが――」

そこから私は、彼女のことを簡単に伝えてみた。

「そうだったの。大変だったわね」

「……い、いえその……」

「何かご存じのことはありませんか？」

「ごめんなさい初めて会うわ」

「そうですか。ありがとうございます」

こんな感じに、街を案内しながら聞き込みもしていく。でも残念ながら収穫はほとんどない。

「聖女様にそっくりだね！　姉妹かと思ったよ」

「ふふっ、そうですか？」

「ああ！　しっかしそんだけ目立つなら、街で噂にでもなってそうだがね」

確かに、私と同じような髪色と容姿をしていれば、良い意味でも悪い意味でも目立ってしまう。

私が初めてここへ来た時、みんなが私の容姿を珍しがっていた。

そのことから考えても、この街に住んでいる人は、彼女のことを知らないということ。

「旅行客にも聞いてみましょう」

「そうね」

ロランとも話して、観光しに来ている人にも積極的に声をかけてみた。

それでも残念なことに、彼女を知っている人はいない。

遺跡についても聞いてみたけど、そっちも心当たりはないという。

結局夕方まで探して、収穫は得られなかった。

「ご、ごめんなさい……私のために」

「いいのよ。それよりどうだった？　ユーレアスの街は」

「と、とってもいい街だと思います。みんな優しそうだし、温かくて」

どうやら気に入ってくれたみたい。

そこは良かったけど、明日からどうしようか。

街での収穫がないとなると、彼女の元いた場所もわからない。

「あの……私はどうすれば……」

彼女も不安がっている様子。ここは何か、不安を取り除けることがほしい。

他にやれること、考えられること……。

「そうだわ！　ねぇリール、あなたも教会で聖女として働いてみないかしら？」

「え、聖女として？」

「ええ。あなたにもあるでしょ？　聖女の力」

「で、でも使い方があまりわからなくて……」

「それなら教えるわ。制御の仕方も知らないとこれから大変よ。ロランはどう？」

「聖女様がおっしゃるなら良いと思いますよ」

ロランはニコリと微笑む。

彼ならそう言ってくれると思っていた。

「どう？　リール」

「……わかりました。私で良ければ」

「ええ、もちろんよ！」

こうして、リールは聖女の見習いとして教会で働くことになった。

強引に決めてしまったけど、気を紛らわせるには良いと自分では思っている。

何より、教える立場になれたことが嬉しかった。

◇◇◇

夜の教会で、チェシャから報告を受ける。

「どうだった？」

「申し訳ないっす若様。この街じゃ大した情報はないみたいっすね」

「そうか」

そうそう簡単には見つからないか。

「ご苦労だったな。今日はこのまま休んでくれ」

「了解であります」

チェシャが教会の中へと去っていく。

「さて、どうするか」

夜空に浮かぶ月を見ながら黄昏《たそが》れていると、後ろからがさっと音がする。

「誰だ？」

「っ……あたしだよ」

「リール？　いや、リルか」

「うん」

教会の扉がギシッと音をたてながら開く。

そこからリルが恐る恐る顔を覗かせていた。

気配を察知して強く反応した分、多少警戒しているように見える。

「ふぅ、今夜も入れ替わったんだな」

俺は警戒を和らげようと、聖女様に見せるように優しく笑った。すると、リルは安堵したように一呼吸おいて、教会から出て近寄って来る。

「どうしたんだ？」

「昼間、街を回ったんだろ？　どうだったのかなって」

「ああ、そこは共有していないんだな」

「うん」

リーリルが起きている間はリルが眠っている。

確かそう言っていたし、昼間は眠った状態だったのだろう。

夜になってリーリルが眠り、代わりに彼女が目覚めたというわけか。

俺は彼女に昼間のことを説明した。

「そっか。わかんなかったんだな」

寂しそうに俯くリル。

そんな彼女を見ていると、聖女様の姿が重なってしまう。だから俺は、お節介にも彼女に言う。

「リル、今から街回らないか？」

「え、今から？」

「ああ。リールは知らなかったが、君は知っていることがあるかもしれないだろ」

彼女たちは同一人物でも、過ごしている時間帯が異なる。

リルとして過ごした場所が違えば、何かしらの情報がえられるかもしれない。というのが、咄嗟《とっさ》に考えた理由だ。

本音はただ、寂しそうな彼女の横顔を見ていられなかったから。

そんなことを言えば、あるいは聖女様には笑われてしまうかもしれないな。

「でもいいのか？　教会を留守にしても」

「心配ない。そんなに時間をかけるわけではないし、優秀な護衛もいる」

チェシャがいれば大丈夫。仮に何かあっても、この距離ならすぐ気付くし駆けつけられる。

「そ、そうか。じゃあお願いしようかな」

「ああ。では行こうか」

「うん」

そうして、二人で夜の街を歩いて回ることになった。

日にちはとうに跨《また》いでいて、ほとんどの家の明かりも消えている。

それでも起きている人はいるから、念のために気配を消す魔法を使っておいた。

これで余程騒がない限り、街の人たちに見えることはない。

さすがに夜の街を女性と二人で歩いているところを見られたら、色々と面倒なことになりそうだからな。

「ロランって魔法が使えるんだな」

「ああ、まぁな」

「へぇ～。凄いな。あたし魔法って初めて見たよ」

「そうなのか？　俺としては、聖女様以外に聖女の力をもっている人のほうが珍しいと思うが
……」

偽者なら、以前に一度巡り合ったけどな。

あまり思い返したくない過去だ。

「そういえば、リールは聖女の力の使い方がわからないと言っていたが」

「ん、そうなの？」

「ああ。リルはどうなんだ？　人を癒したり、奇跡を起こしたり、聖女様みたいに出来るのか？」

「そんなことできるのか？」

キョトンとした顔で聞き返すリル。

「いや、聖女の力とはそういうものだろう？」

「あたしにはそんなの無理だぞ」

「じゃあ何が出来る？」

「えっと、こんな感じとか」

リルは両手で水を掬《すく》うようにして、目を閉じる。すると、彼女の手のひらの上に、輝かしい光の玉が浮かび上がった。

「これは!?」

魔法ではない。いっさい魔力は感じられないし、魔法陣も発動しなかった。

とても優しくて眩しい光だ。

強力なエネルギーであることだけはハッキリとわかる。

「こいつで魔物を倒したり、悪い男をぶっ飛ばしたりしてたんだぜ！」

「えぇ……」

そういえば以前、聖女様が力について話していた。

聖女の力は癒すことだけでなく、魔を退けたりもできると。その気になれば自分も戦えるとおっしゃっていたが、この力のことなのだろう。

しかし……。

「そんなものを人に使うとは……」

「し、仕方ないじゃん！　こいつが変な男にホイホイついていって騙されるんだもん」

どうやらリールは、最初から人見知りではなかったらしい。

遺跡で目覚めて以降はむしろ、他人を簡単に信じてしまうほど純粋だった。いや、おそらく今も純粋なのだろうが、騙されやすかったようだ。

彼女の容姿を見て近寄ってくる男たちや、売り飛ばそうとする男たちに出くわして、徐々に男嫌いになっていったという。

その度にリルへ人格が切り替わって、迫ってくる男たちを倒していた。

「恐怖で変わるというのはそういうことか」

「うん」

「そうか。なら当面は俺が守らないといけないな」

「え？」

下手に危険にさらして、リルが聖女様の前で出てきてしまうのはまずい。

「守って……くれるのか？」

「当然だろう」

聖女様に心配をかけないためだ。

「そっか……やっぱりロランは他の男どもと違うな」

「盗賊と一緒にしないでほしいな」

「へへっ、そうだな！」

リルは満面の笑みを見せる。

結局この日は何も得られなかったけど、いい気分転換にはなったようだ。

◇◇◇

朝が来る。窓から差し込む太陽の光で目を覚ましたのは久しぶりだ。

いつもなら二度寝しようとか考える私だけど、今日からは少し違う。

なぜなら――

「リール、もう朝よ」

「……はい」

私にも後輩の聖女が出来たから！

着替えを済ませて食堂に行くと、ロランが朝食の準備をしていて、チェシャが手伝いをしていた。

「おはよう。ロラン、チェシャも」

「え？　聖女様？」

私の声に気付いたロランが驚いて目を丸くしている。

「どうしたのですか？　聖女様がこんなにも早く支度を済ませるなんて」

「ふふっ、偶《たま》には良いでしょう？」

「いえ、偶にではなく毎日その方が……というより大丈夫ですか？　どこか体調でも悪いのならおっしゃってくださいね」

「違うわよ。むしろ体調はバッチリだわ」

まったくロランったら。

時々だけど、ナチュラルに失礼なことを言うわね。

まぁ普段からちゃんと起きていない私が悪いわけだし、何も文句は言えないわ。

でもこれからはしっかりしないと。

「リール、食べ終わったら聖女のお仕事を教えるわね」

「は、はい。よろしくお願いします」

「そういえば、今日からリールも聖女様と一緒に働くんでしたね」

「ええ。私がしっかり教えるわ」

私はこれでも聖女歴は長い。十歳の頃から鍛え上げられているから本物よ。

他のことは苦手だけど、これなら彼女にも教えられるわ。

朝食の後、私はリールを連れて教会の祭壇に行った。

ロランは食器の片づけとか、部屋の掃除を済ませてから来るという。

教会をあけるまでまだ一時間ほど余裕があるから、その間にいろいろと教えてあげましょう。

「良い？　まず聖女として恥ずかしくない振る舞いをしなくちゃいけないの」

「は、はい！」

「それにはオドオドしてちゃダメよ？　聖女は主の意向を伝える代行者。常に冷静でおおらかに、やさしい太陽の光のようでなくてはならないわ」

「は……はい」

リールは一気にしおれていく。

つまり堂々としなさいってことだけど、彼女には一番苦手なことかもしれない。

「最初から出来なくてもいいわ。少しずつ慣れていきましょう。それから祈りについてだけど、主から授かった言葉はわかるかしら？」

「え、言葉ですか？」

キョトンとするリール。この様子だと知らないようね。

聖女は主へ祈りを捧げることで、様々な奇跡を起こせる。

そのために聖句が必要だけど、それは聖女となった時、主のほうからメッセージを貰うの。

私の場合は、眠っている時に聖句が浮かんできたわ。

「なら試しに、こうやって祈ってみて」

私は両手を胸の前で組み、膝をついて主に願う。

「主よ、この身に導きの光を」

聖句を唱える。すると、私の身体が淡く光り始める。

「ほわほわしてる……」

「やってみて」

「はい」

リールも真似をしながら手を合わせる。

崇めている主が違えば、祈りの言葉も変わってくる。

たぶん無理だろうけど、形だけでも覚えてもらったほうが良い。

そう思ってやらせてみたら――

「主よ、この身に導きの光を」

「え!?」

彼女の身体が私と同じように淡い光を放つ。

「で、出来ました！」

「え、ええ、そうね」

まさか出来てしまうなんて……予想外だったけど、私と彼女の崇めている主は同じ方なのかしら。それとも偶然にも聖句が同じだったとか。

聖女の力についてはわからないことが多くて、私にも詳しくはわからない。

ただ、彼女と私は聖女であること以外に何か関係があるのかもしれないと思った。

その後は、一通り教会でのお仕事を教えて、気付けば時間になる。

ロランも合流している。

「今日は見学していて。見るのも勉強だわ」

「はい」

そうして一日が始まる。

多くの方々が訪れ、悩みを打ち明けたり、日常の小さな罪を懺悔《ざんげ》したり。

怪我や病気の人は減ってきたけど、お年寄りも多く体調を崩しやすいから、一日に数件は癒しの祈りを捧げている。

「これでもう大丈夫です」

「ありがとうございます聖女様！　明日からまた働けますよ」

「ええ。ですが無理をなさらないでください。あなたが倒れて悲しむ人は多いと思います」

「はい！　肝に銘じておきます。ところで後ろの方は？」

男性が視線を向けると、リールはビクリと怯えたように反応した。

まだ男性は怖い様子。すぐには直らないだろう。

「彼女はリール、私と同じ聖女の力をもっています」

「ほう。新しい聖女様ですか？」

「ええ。今はまだ見習いですが、いずれは私と同じように聖女として皆様のご助力をさせて頂きます」

リールに視線を向ける。

彼女は怯えながらも、こくりとお辞儀をした。

「なるほど。聖女様がお二人も見えるなんて、この街は一層豊かになりますね」

「はい。そうなれるよう尽力いたします」

そんな感じで一日が終わり、最後の一人が教会を出て行く。

「今の方で最後です。お疲れさまでした。聖女様」

「ええ、ロランも。どうだったかしら？　リール」

「す、凄かったです。皆さんの前で堂々としてて……綺麗だしその……女神様みたいでした」

「ふふっ、ありがとう」

そんなに褒められるとは思わなくて、自然と笑顔になっていた。

「あの、私には……無理だと思って」

「そんなことないわ。私も最初から出来たわけじゃないもの」

「そ、そうなんですか？」

「ええ。だからリールも、時間をかけて慣れていきましょう」

「は、はい！　フレメアお姉さま」

「ええ……え？　お姉さま？」

不意に呼ばれて困惑する。

「はい。何だか……その、そう呼んだ方がいい気がして……駄目でしょうか？」

「ううん、そんなことないわ。凄く良いと思うわ」

フレメアお姉さま！

なんて綺麗な響きなの？

思いがけない一言で、一日の疲れがいっぺんになくなってしまったわ。

◇◇◇

「ありがとうございます。聖女様」

「いえ、無理はなさらないでくださいね」

「はい！」

男性は頭を下げて仕事へ戻っていく。

教会には今日もたくさんの人たちが訪れていた。

私は普段通り彼らに気付きを与え、導いている。

そして――

後ろにはもう一人の聖女リールの姿もあった。

彼女がこの教会にきて、もうそろそろ一週間ほどが経過する。

聖女の力のコントロールも少しずつ上達していて、傷を癒す程度の奇跡なら狙って起こせるようになってきた。

振舞い方も勉強して、練習では良い感じになっている。

明日からでも実際にみんなの前に立ってほしいくらいなのだけど……。

「お疲れ様です、聖女様」

「ありがとう」

お昼前の休憩に、ロランが温かい紅茶を用意してくれた。

カップは二人分あって、一つはリールの分だ。

「リールも」

「あっ、は、はい……ありがとうございます」

感謝を口にしつつ、一歩後ずさるリール。心なしか声も尻つぼみで、怯えているように見える。

そんな彼女に、ロランは寂しそうに微笑んで、近くの台に紅茶を置いて離れる。

リールは申し訳なさそうに紅茶のカップを手に取った。

私とロランは目を合わせる。

優しく微笑むロランに、私は仕方ないわと微笑みかける。

やれやれ。リールの男性への苦手意識は、まだまだ改善されていない様子だ。

少しはマシになってきたと思うのだけど、人前で堂々とするのはやっぱり難しいらしい。

一番近くで接しているロランでもこの反応……教会へ来る見知らぬ男性相手じゃ、固まって動けなくなりそうね。

◇◇◇

「ねぇロラン、ちょっといいかしら？」

「はい、何でしょう？」

その日の夕方。ロランが夕食の準備をしているところにお邪魔した私は、彼に相談事を打ち明ける。

「リールのことなのだけど、もう少し人見知りがよくなる方法ってないかしら？　あれじゃいつまで経ってもみんなの前に立てないわ」

「う～ん、確かにそうですね。当初よりは改善していると思うのですが」

「ええ、でもほんの少しよ」

彼女の最初を知っている人じゃなければ、変化にまったく気付けないレベルね。

知っている人でも、若干怪しいかも。

「慣れるために見学を続けてもらっているけど……一度だけ実際に私の代わりをやってもらったほうがいいかしら」

「それはお勧めしませんね」

「どうして？」

「彼女の場合は、それで一度でも失敗すると、もう二度とやりたくなくなってしまいそうだからです」

「あぁ～」

　確かにそんな感じがするわね。

「やっぱり見学を……でもそれじゃ変わらないし」

「無理に急がなくても――」

「あっ！　そうだわ！」

　ロランと話していて、ピキーンと閃く。

◇◇◇

　翌日は教会が休みの日。普段はのんびり過ごす一日だけど、今日はちょっぴり忙しい。

　朝早く起きて、私たちは教会の祭壇に足を運んだ。

　そこの一席で隣合わせに座るロランとリール。ぎこちない様子の二人。ロランは事情を知っているから平然としているけど、リールはオドオドキョロキョロして落ち着かない。

「あ、あの……お姉さま？　これから何を……」

「男の人に慣れる特訓よ！」

「と、特訓ですか？」

アワアワと驚くリール。そういう反応になるだろうとため息をもらすロラン。

「リールもちょっとずつここでの生活には慣れてきたわね？　でもまだ他の人と話すこと、特に男の人と正面から接するのは苦手でしょう？」

「は、はい……」

リールはチラッとロランを見る。

ロランがそれに気付いて微笑み返すと、すっと目を逸らしてしまった。

「それよ！」

「え、えっ？」

「すぐ目を逸らしちゃうところを直さないとね。でも急には無理だから、せめて簡単にでも会話できるようになりましょう」

そのためにロランに協力してもらっている。

少なからず接する機会が多い彼となら、初めましての他人より幾分マシだろう。

今日は二人で、何でもいいから話してもらおうと思っている。

「は、話すって何を……」

「何でもいいのよ？　天気のことでも良いし、朝食の話でも良いわ」

「……」

そうは言っても、簡単に言葉が出てこない様子のリール。

しばらく無言の時間が続き、痺れを切らす様にロランから話しかける。

「リール」

「は、はい！」

急に話しかけられて、ビクッと身体を動かしてしまう。

少し呆れるロランだけど、変わらずいつもの笑顔で接している。

リールを相手に会話を続けるなんて難しいことだけど、ロランならきっと大丈夫。二つの意味で心配ないわ。だってロランだもの。

などという根拠のない自信を勝手に抱き、特訓をロランに丸投げする私だった。

広い教会の隅っこで、二人が隣り合って座っている。その様子を眺める立場の私は、何だか不思議な感覚だ。

ロランの隣に別の女性がいるという状況は、私にとってあまり良いことではないはずなのに。

どうしてだろう？

リールなら大丈夫だろうというなぞの自信がある。

「……失礼かな」

「聖女様？」

「ううん、何でもないわ。続けてロラン」

キョトンとするロラン。こくりと頷き、リールのほうを向く。

「リール」

「は、はい！」

「……」

さっきと全く同じ反応だったわね。

今度はロランが続けて問いかける。

「もうすぐ一週間ほど経ちますが、教会での生活には慣れましたか？」

「はい。お、お陰様で」

「そうですか。何か不便なことがあったら言ってくださいね」

「ふ、不便なんてありません。私みたいなのを置いてもらえるだけでありがたいので……ご、ご迷惑ならいつでも出て行きますから」

腰が低いというか、自信がなさすぎるというか。

弱々しい声で話すリールに、ロランは優しく微笑みながら首を振る。

「迷惑だなんて思っていませんよ。私も聖女様も、リールと出会えたことには少なからず運命的なものを感じていますからね」

「運命……ですか？」

「はい。聖女様と同じ力をもった貴女が、私たちの前に現れた。これが神の導きなら、従うのが我々の務めです。何より私は、聖女様をお守りするためここにいる」

「守る……」

顔を伏せるリール。落ち込んでいるのではなく、何かを考えている感じだ。

そうして彼女は顔を上げ、思い切ってロランに言う。

「あ、あの！　わ、私を助けてくれて……ありがとうございました」

突然のお礼に、ロランもちょっぴり驚いている。

リールが続けて言う。

「お、お礼……ずっと言いたかったけど、言えなかったから……その……」

「なるほど。どういたしまして」

微笑むロランと、恥ずかしそうに目を逸らすリール。

何だか良い感じに話せてるわね。この調子で続けていけば、少しずつ話せるようになるかも。

とか思った数秒後——

「……」

「……」

会話が途切れて、無言タイムに突入してしまった。

ロランも彼女から話しかけてもらえるように、あえて無言でいる感じがする。

さっきまで良い感じだったのに、一度途切れると戻すのは無理みたい。

そこからしばらく無言のまま過ごして、またロランがしびれを切らして話題を提供する。

「食事は口にあっていますか？　もし嫌いな味付けがあれば教えてくださいね」

「だ、大丈夫です！　全部美味しいので」

「それは良かったです。なら逆に好きなものはありますか？」

ロランから話しかけていい感じになり、会話が途切れて無言になる。

という流れを五回くらい繰り返して、さすがに耐えられなくなったのか、ロランが視線でギブアップを申し出てきた。

あのロランを降参させるなんて大したものだわ。

全然これっぽっちも良い意味じゃないことが残念だけど。

一人前の聖女になる前に、普通の人のレベルで会話できるようになることすら、まだまだ遠い場所にあるらしい。

◇◇◇

「あはははははっー、何それ！　そんなことしてたのか」

「笑い過ぎだ。聖女様が起きてしまったらどうする？」

「あーごめんごめん。想像したら笑えてきちゃってさ」

聖女様の提案でリールと特訓した日の夜。俺はリールではなくもう一人の人格リルに、昼間あったことを話した。

そしたら盛大に笑われてしまったわけだ。

「笑い事じゃない。というより、これは君の問題でもあるんだけど？」

「わかってるって。でもその状態で一時間でしょ？」

「ああ。似たような流れを数回繰り返していたな」

「そこが凄いよ。あたしなら十分くらいで切り上げると思うし」

俺もそうしたと思うよ。

「ロランの聖女様って何か凄いな」

「それは褒めてるのか？」

「半分半分かな？」

「正直だな」

言われても仕方がないな。

確かに聖女様は時々豪快で、あまり深く考えていないのでは、と思わせる時がある。

今回も出来れば、途中で止めてほしかったというのが本音だ。

「それってまだ続けるの？」

「聖女様はそのつもりらしい」

「ふぅ～ん、大変そうだな」

「他人事みたいに言わないでくれ。まったく……嫌ならいっそ断ってくれるとありがたいな」

無理に付き合うのも互いのためにならない。

聖女様の手前、俺から言い出すわけにもいかないし。そう思っていたら、リルが否定する。

「嫌じゃないと思うよ」

「そうなのか？」

「うん。だって本気で嫌なら、拒絶してあたしに代わってたと思う。今まではずっとそうだったから」

恐怖や不安が高まると、リルの人格が表に現れる。

その話は以前に聞いていた。

彼女が現れなかったということは、そこまで拒絶されていたわけではない、ということなのだろうか。

「こいつもちょっとずつ慣れてきてるってことだよ」

「そう……なのか」

そう言われたら、続けることが正しいと思ってしまう。

また無言の時間がやってきて、小さくため息をこぼすとわかっていても。

第三章　流行病再び

クラリカ王国には四季というものが存在する。

四つの季節に分かれ、それが一定の期間を経て循環している。

という説明を、以前にしたことがあるだろうか。

あの日から半年……ユーレアスの街に来てから、ちょうど一年が経った。

穏やかな気候と暖かい陽気が次第に薄れて、雪が降る前の寒さが強まってくる。

「また一段と寒くなったわね」

「ええ、去年より少し早いですね」

「そうね。リールは寒さは平気なの？」

「は、はい！　私は大丈夫みたいです」

早朝の寒さから逃げるように、私は部屋の暖炉で温まっていた。

リールは意外にも寒さには強いようで、これまでと何ら変わらない。

寒いと言っているロランも、いつも通りに見える。

「さ、寒いっす……」

寒さで震えているのは、どうやら私とチェシャだけのようだ。

猫は寒いのが苦手だと聞いたことがある。

猫又の彼女も同じだったらしい。

そしてふと、寒さのついでに思い出す。

「そういえばそろそろよね？　例の流行病が増えるのは」

「ああ、確かこの時季でしたね」

「ええ」

「流行病？」

リールが疑問符を浮かべる。

「ユーレアスの街ではね？　毎年この寒い時季になると強い感染症が流行するの。去年はそれで街中を一周したわ」

「大変でしたね」

ロランと二人で懐かしむ。

ユーレアスの街は有名な観光地だけど、医者がいないという大きな問題があった。

一昨年までは隣町から医者を呼んでいたことにも驚いたわ。

「今年も流行るのかしら」

「毎年と言ってましたからね」

そうなったら忙しくなりそうね。

また街中を回らないといけないのかしら。

なんてことを考えて、一週間ほどが経過した頃、一人の女性が子供を抱きかかえてやってきた。

「聖女様！　うちの子が……この子を助けてください！」

「落ち着いてください。まずお子さんを――」

一目見て、異常だと悟った。

子供の顔半分が真っ黒な痣《あざ》で染まっている。

ほのかに焼け焦げたような匂いがするけど、火傷《やけど》をした様子ではない。

「これは……」

「う……酷《ひど》い」

ロランとリールも異常さに気付く。

私は最初、流行病の第一号が来たのかと思った。

不謹慎だと思いつつ、少しだけ期待していた自分が恥ずかしい。

この病は明らかに流行病とは違う。

もっと重くて、怖いものだと悟った。

「すぐに癒します！　そのまま抱きかかえていてください」

「はい」

私は急いで祈りを捧げ、赤ん坊の病を治療した。

原因不明の病だけど、それが病である限り、私の祈りはすべてを癒す。

多少の不安はあれど、祈りで赤ん坊の痣は消えていく。

どうやら病であることは間違いないらしい。

「本当にありがとうございます！」

「いえ、元気になってよかったです」

「奥様、一つお伺いしますが、いつ頃から今のような症状が現れたのですか？」

「二日前です」

母親曰《いわ》く、二日前は小さなほくろ程度の大きさだったらしい。

だから最初は気にもとめなかった。

赤ちゃんは大人よりも体温が高いし、熱発《ねっぱつ》と呼べるほどでもなかったからだ。

しかし、翌日になって熱が上がり、今日の朝になって黒い痣が広がっていたという。

「お大事になさってくださいね」

「はい」

母親と元気になった子供を見送った。

「あんな病気初めて見たわ」

「ええ、私もです」

「わ、私も知らないです」

三人とも不安を感じたけど、その日は彼女たちだけで、他には訪れなかった。

それから三日ほど経過し、一度も似たような表情の人は現れなかったことで、一時的なものだろうと結論づけかけていた。

しかし残念ながら、四日後になって急激に増え始める。

「ロラン、街を回りましょう」

「はい！」

教会を訪れる人が一瞬だけ増え、その後は症状の悪化で外にも出れず、家で苦しんでいる人が増えたという。

私たちは去年と同じように一軒ずつ巡り、癒しと加護を与え続けた。

去年はこれで落ち着いてくれたのだが……


さらに十日後。

落ち着くどころか一向に減らない。

どんどん感染者は増えていく。

さらに恐ろしい事実が発覚する。

一度祈りを受けた者はしばらく感染しにくい状態になるにもかかわらず、二度も三度も発症する人が続出したのだ。

「どうしよう……これじゃ収まらないわ」

私やリールは聖女の力でかからない。

ロランも半分は悪魔だから、普通の人の何倍も身体が強い。

チェシャも同じで、私たちだけなら平気だけど、街の人たちは苦しまされている。

「原因を探るしかありませんね」

「でもどうやって……」

「私が探ってみます」

「出来るの？」

「わかりません。一度冒険者組合に行ってきます。あそこなら外からの情報も得られますから」

と言って、ロランは教会を出て行った。

その間に私は、チェシャとリールを連れて街を回る。

いつ終わるかわからない辛さを感じながら、私は聖女として祈り続けた。

◇◇◇

突然流行した原因不明の病。

俺や聖女様も初めてみるタイプの病だった。

この数日間奮闘したが、依然として状況は良くない。

原因を探るべく、俺は冒険者組合に顔を出した。

カランカラン――

「来たか？　ロラン」

「マッシュ、皆も」

組合の建物に入ると、パーティーメンバーの三人が一つのテーブルに集まっていた。

別に招集をかけたりはしてないのに、俺のことを待っていたらしい。

「街で流行ってる病気のこと聞いてさ。お前がそろそろ来るんじゃないかって話してたんだよ」

「なるほど」

「フレメアはどう？　しっかりやってる？」

そう尋ねてきたのはセシリーだ。

彼女と聖女様は特に仲の良い友人同士で、よく一緒に遊んでいる。

セシリーも聖女様を妹のように気遣ってくれていて、俺としても助かる場面は多かった。

「ああ。むしろ頑張り過ぎているくらいだよ」

「そうでしょうね。あの子、こういう病気とかになると自分のこと忘れちゃうから」

よく理解している。

聖女様は基本的に優しくて真面目な人だ。

いろいろなことを面倒がっていた昔より、その部分が表に出始めたのだろう。

良いことではあるけど、心配な点でもある。

「ねぇ、この間の子は？」

「リールのことか。彼女も元気だよ」

「そう。身元はわかったの？」

「いいや、残念ながら」

　俺がそう答えると、ルナが「そっか」と返す。

　リールの身元に関しては、彼女たちにも捜査に協力してもらっているが、中々手掛かりがつかめていない。

　いや、それよりも今は別の用事がある。

「それよりも黒痣病《こくしびょう》についてだ」

「黒痣病？　そんな名前なのかよ」

「仮でつけているだけだ。事情は知ってんだろう？　何か原因に関する情報はないか？」

　俺が尋ねると、マッシュが答える。

「情報ならあるぜ。ただ、原因にたどり着けるかはわかんねーけどな」

「どういう意味だ？」

「不確定ってことよ」

　セシリーが付け加える。

　情報屋という、情報を売り買いする専門の商人からの情報らしい。

　発生源と思われるのはユーレアス西部にある小さな町バレンティア。

　そこで同様の症状の患者が急増している。

　今なお増え続け、町は準閉鎖状態となっているそうだ。

「バレンティアはユーレアスに入る前にある町の一つで、旅の休憩スポットでもあるからな。そこを通った観光客に感染して、そのままこっちへ流れてきたってことらしい」

「バレンティア……何が原因かわからないのか？」

「そこまでは摑めてない。早々に立ち入り禁止を言い渡されて、情報屋も入り込めなかったんだと」

「そもそも自分が感染するリスクも高いから、無理に調べなかったみたいね」

「なるほど……」

確かに、その理由では不確定だな。

とは言え場所の手掛かりを突き止められたのは大きい。

これで行動を起こせる。

「ありがとう。みんなも体調が悪くなったらすぐに教会へ来てくれ」

俺は立ち上がり、冒険者組合を出て行こうとする。

そんな俺をマッシュの声が止める。

「おい待てよロラン。どうするつもりだ？」

「もちろん、直接行って調べるさ」

「やっぱりかよ。危険じゃねーのか？　お前が感染したら大ごとだぞ」

「大丈夫だ。俺の半分は悪魔で出来ている。悪魔に人間の感染症は効かないし、いざとなったら聖女様を頼るさ」

心配をかけることは承知の上。

それでも被害を広げないためには、俺が行動する他ない。

聖女様もわかってくれるだろう。

ここでセシリーが俺に問いかけてくる。

「まさかフレメアも連れていくつもりなの？」

聖女様がいなければ、この街の感染は広がる一方。

セシリーの疑問は当然で、俺もわかっている。

だから首を横に振り、こう答える。

「もう一人に頼んでみようと思う」

◇◇◇

ロランが冒険者組合から戻ってきて、バレンティアの話を聞いた。

最後まで聞いたところで、ロランが一つの提案をする。

「私はバレンティアに行こうと思います」

ロランならそう言うだろうと思った。

現状を変えるなら、それが一番早くて可能性があることもわかる。

そして――

「出来ればリール、君にも一緒にきてほしい」

「わ、私ですか？」

ロランはしっかり頷く。

これもわかっていた。

バレンティアへ行くなら、聖女の力をもつ私かリールが必要になると。

ただしこの街も放置は出来ないから、一緒にいくなら一人だけ。

そうなったらこの街での活動に慣れていて認知度のある私が残ることは予想がつく。

後は彼女の意思次第。

「え、えっと……その……」

「リール、私からもお願いできるかしら？」

「お姉さま」

「街のみんなの……ロランを助けてあげてほしいの」

本当は私が行きたい。

でも、私には自分のやるべきことがわかっている。

込み上げる思いを押し堪え、私は彼女の背中を押す。

「でも私……」

「大丈夫。貴女も聖女だわ」

この街には二人の聖女がいる。

だからこうして、送り出そうと思える。

私の言葉を胸に響かせ、リールは答える。

「はい」

これは彼女がもう一人の聖女として知られることとなる物語の始まり。

そして同時に、波乱の幕開けでもある。

リールの意思も固まり、出発は明日となった。

その日の夜、リールが眠った後、私とロランは教会の前で待ち合わせをした。

「寒くはありませんか？」

「大丈夫よ。寒いと言ったら抱きしめてくれたのかしら？」

「お望みとあらば」

「ふふっ、魅力的な提案だけどまた今度ね」

「そうですね」

ちょっぴり残念そうなロラン。

今はそんなことをして良い状況じゃないし、残念だけどお預けね。

私だって本当は、ロランともっと触れ合いたい。

最近はリールもいて、あまり家の中でも気を付けなくちゃならなくなったし……

ってそういうことを考えてちゃダメね。

「バレンティアのこと、リールのこと、任せていいのよね？」

「はい。お任せください」

ロランは力強く答えた。

別に確認なんてしなくても、ロランなら大丈夫だと思う。

そう信じているけど、心配はしてしまう。

せめて一緒にいければ……と出来ないことを思いながら、ぐっと堪える。


「私よりも、聖女様の方が大変かもしれませんよ」

「そんなことないわ。私は自分に出来ることしかやらないもの」

「その出来ることが大変なのですよ」

「そうかしら？　慣れてきてしまっているのかもしれないわね」

昔は忙しいことが嫌いで、隙を見てダラけようとしていたのに。

あの頃の私が今の私を見たら、一体どんな顔をするかしら。

「気を付けてね」

「はい。聖女様も」

「……ねぇ、ロラン」

「何ですか？」

「リールは名前呼びなのに、私は呼んでくれないの？」

これくらいのイジワルは良いわよね。

と自分に問いかけて肯定する。

ロランは不意を突かれたように、静かに驚いていた。

「敬語も止めていいのよ。セシリーたちと話すときはそうなんでしょう？」

「……ええ、まぁそうですが、私は聖女様の護衛でしたので」

「昔の話じゃない。今の私たちは……ねぇ？」

恋人同士でしょ？

言葉にはあえてせず、視線で伝える。

こっちのほうが逆に恥ずかしいかもしれないことに、後になってから気付いた。

顔を赤くする私と同じくらい、ロランも恥ずかしそう。

「フレメア」

「うん。そっちのほうが良いわ」

「た、ただ皆さんの前では聖女様と呼びますよ」

「そこは仕方がないわね。あと敬語も今はいらないわよ」

「う……今日はグイグイ来る」

「ふふっ、寒いから近いのよ」

言葉だけじゃなく、顔も近づく。

自然にキスできそうな距離、流れもあった。

でも、私たちは途中で踏みとどまる。

今じゃない。

苦しんでいる人たちがいるのに、私たちだけ幸せな気持ちになんてなれない。

全部が終わってから、思う存分触れ合おう。

私はそう思い、きっとロランも同じことを思っている。

「じゃあ寝るわね」

「ああ、おやすみ。フレメア」

「おやすみなさい、ロラン」

今はせめて、こうして手と手を触れ合うだけ、許してほしい。

◇◇◇

聖女様の手は温かくて、冷たくもある。

ずっと握っていたい手を離すとき、俺は密かにガッカリしていた。

聖女様の想いも、苦しんでいる人たちがいることも理解した上で、やはり中途半端は嫌だな。

名残惜しい感じがある。

「さて、そろそろ出てきていいぞ？」

「うっ！　き、気付いてたのか」

教会の陰から出てきたのは、こっそり俺たちの話を聞いていたリルだった。

彼女は聖女様がやってきたすぐあと、後を付けて隠れていた。

「当然だ。そもそも夜は君の領分だろう？」

「別にあたしのってわけじゃないけどさ……」

じーっと見つめてくるリル。

「何だ？」

「……ロランはフレメアのことが好きなのか？」

「ああ」

「そ、即答するんだな」

「隠すことでもないからな」

特に彼女、リルには伝えやすかったのだろう。

自分でも驚くほど自然に、彼女の質問に回答していたのだから。

「それより明日の話は知っているのか？」

「え、ああ、どっか行くんだろ？」

「その程度の認識なのか。いや、仕方がないな」

俺は彼女に経緯とこれからのことを伝えた。

バレンティアに行けば、夜を迎えることも当然ある。

夜に何かあれば、リールではなくリルに動いてもらわないといけない。

まぁ俺個人としても、ずっとリルでいてくれたほうが接しやすいのだが……

「そうは言ってられない状況だ。すまないが協力してほしい」

「もちろんするよ。ロランには助けてもらった恩があるからな。それに……」

「リル？」

「ううん、何でもない。わかってると思うけど昼間のあたしは頼りないからな。ちゃんと守ってくれよ？」

「ああ。昼間でも夜でも、俺が必ず守るさ」

◇◇◇

夜が明け、朝日が昇る。

肌寒く土場には霜がたっていて、歩くとバリバリ音が鳴る。

こんなにも寒い日は、出来るだけ布団にくるまっていたいと思うのが普通だ。

いつもの私だったら、ロランが起こしに来るまで絶対に布団から出ない。

だけど今日は、自分から起きて着替えた。

たぶん明日も、その次の日も、彼に起こしてもらえないから。

「よし！　頑張らないと」

私は気合を入れて、食堂に向かう。

ロランは普段通りに台所で朝食の準備をしていた。

リールは私が起きて少し経ってから降りてきて、三人で朝食をとる。

「準備は出来てるの？」

「はい。昨晩のうちに大抵は済ませてありますから」

「そう」

「聖女様は？」

「私は特にないわよ。いつも通り役目を果たすだけ」

私はそう言いながら、リールに目を向ける。

朝食をとっている様子からも、すでに緊張しているのがわかる。

「リール」

「は、はい！」

「気負わなくていいのよ？　あなたに出来ることを精一杯やってきて」

「私もフォローします」

ロランも優しく彼女をさとす。

「が、頑張ります！」

緊張はそうそう簡単にはとれない。

それでもちゃんとやる気をもって答えてくれている。

初めて会った日より、良い目をするようになったわ。

ロランも一緒ならきっと大丈夫。

そして――

出発の時間がやってくる。

荷物を借りた馬車につめ、二人が乗り込む様子を、私とチェシャが見守る。

「では行って参ります」

「行ってきます。お姉さま」

「ええ。頑張って」

「聖女様も、決して無理はなさらないでください」

「ふふっ、大丈夫よ？　チェシャも一緒だもの」

「任せてほしいっす！」

ピシッと敬礼するチェシャ。

ロランはチェシャに頼んだぞと伝え、馬車を出発させた。

私たちは馬車が小さく見えなくなるまで、じっと見守っていた。

「さぁ！　私たちも行きましょう！」

「了解っす！」

猫の姿に戻ったチェシャが、私の肩に飛び乗る。

ロランとリールが隣町に行っている間、私たちはこの街を守り続けなくてはならない。

今もずっと、街は苦しんでいる人の声で溢《あふ》れている。

私たちは住宅街へ向かう。

途中に通った商店街は、店はどこも閉まっていて、通行人の影一つない。

去年の流行病のときより酷い状況だ。

「ごめんください」

「聖女様！　来てくださったのですね」

「はい。旦那様の体調はどうですか？」

「それがまた苦しそうにしていて……」

今回の病の怖いところは、一度治ってもすぐにぶり返してしまう点だ。

普通は一度かかった病には耐性が出来てかかりにくくなる。

聖女の力で治った場合にも、しばらくの間は力が残っていてかかりにくい。

その効果が得られない程、今回の病は強いのか。

もしくは、感染するたびに病の形が変わっているのかもしれない。

どちらにせよ対処法は、こうして毎日街を巡って、体調が悪い人を癒すことくらいだ。

「次に行きましょう」

「そうっすね！」

午前中に半分、午後にもう半分の家々を回る。

ロランと二人で続けていた作業を、今はチェシャと二人で続けている。

聖女である私は病にはかからない。

ウイルスであれ、菌であれ、私に入り込んでも消える。

だから私が感染源になることはない。
チェシャも私の力をかけ続けているから、かりに感染してもすぐに治癒する。
不安なのは体力面だ。
私はお世辞にも体力があるほうだとは言えない。
「大丈夫っすか？」
「ええ」
もちろん大丈夫ではない。
一日中歩き続け、聖女の力を行使する。
それがどれほど体力を消耗するのか、知っているのは私とロランだけだろう。
こんな日が明日も明後日も続く。
下手をすれば、この先一週間以上は続くかもしれない。
ロランたちが元凶を取り除き、帰ってくるまで、私は戦い続ける。
「私は聖女だから」
苦しんでいる人がいる。
頑張っている人がいる。
助けたい人たちがいるなら、私は無限に頑張れる。

第四章　バレンティアの町

教会を出発した馬車は、街を出て西に進む。

普段は商人や観光客の行き来で人通りも多いそうだが、それが嘘のようにガランと空《す》いていた。

天気は良いのに、淀んだ空気が流れているような気さえする。

ガタンと馬車が揺れる。石か何かに車輪が乗り上げたのだろう。

大きな揺れで体勢を崩したリールが、慌てて俺の腕を掴む。

「わっ！」

「すまない。大丈夫かい？」

「ご、ごめんなさい！」

パッとこれまた慌てて離すリール。特訓の成果もあり、会話する程度なら慣れてきたところだが……。

「まだ怖いですか」

「こ、怖くはないです。ただ……その……」

リールはモジモジしながら言う。

「緊張はします」

「そうですか」

経緯を知れば仕方がないことだと思う。

それでも少し、ほんの少しだけリルの強気な性格を分けてあげられればと……とも思ってしまう。

何より――

「バレンティアは今、閉鎖状態まで追い込まれているそうです。リール、あなたの力が必要になる」

「は、はい……」

「面倒な説明や手引きは私が全てやりますから。あなたは自分のやれることに精一杯つとめてください」

「わ、わかりました！」

リールは両手で握りこぶしを作り気合を入れる。

聖女様は気負わなくていいとおっしゃっていたのに、余計なことをしてしまったか。

いいや、今はこれで良い。彼女の力が必要で、不可欠な事実は変わらない。

どんな形であれ、彼女に頑張ってもらわなくては、この問題は解決しないだろう。

ガサガサ――

「ロ、ロランさん！」

「ええ、魔物ですね」

街道を塞ぐように現れたのは、巨人の魔物オーガと、特殊な粘液をまき散らす巨大ナメクジの魔物スラグ。どちらもユーレアスの街周辺に生息する魔物ではあるが、街道に出現したという報告はきかない。

おそらく黒痣病の影響で冒険者の活動が減り、魔物の活動が活発化したか。

「ならこの先はもっと多くなりそうだ」

バレンティアが無事なら良いのだが……一先ず今はこいつらを片付けよう。

俺は馬車を停め、席から飛び降りる。

不安そうに震えるリールに、俺は振り返って言う。

「大丈夫ですから。そこでじっとしていてください」

安心させるように笑顔で、魔物たちに視線を戻しながら、腰の剣を抜く。

「さて――」

剣を抜くと同時に地面を蹴り、オーガの懐へ入り込む。

オーガは速すぎて反応できていない。

すかさず首を切り落とし、続けてもう一体のオーガを斬り伏せる。

「俺たちは急いでいるんだ。邪魔をするなら容赦はしないぞ」

殺気を放つ。残るはスラグ三匹。こいつらは動きこそ遅いが、鋼鉄の防具すら溶かす粘液を口から発射する。

人間の皮膚に触れれば瞬く間に溶かされ、骨を露《あらわ》にするほどだ。

加えて物理攻撃は効きにくい。

「燃えろ」

こういう敵にこそ魔法が有効。俺は頭上に炎の玉を三つ生成し、スラグへ降り注ぐ。

炎の玉は炸裂後、炎の柱となって燃え続ける。

周囲の木々に引火しないようピンポイントで、スラグだけを燃やし尽くす。

聖女には聖女の役割がある。

その障害となるものは全て、俺が斬り裂き排除する。

「お待たせしました。先を急ぎましょう」

「は、はい！」

◇◇◇

さらに進み、バレンティアに近づいていく。

それに比例するように、魔物たちの数も多くなっていた。

「またオーガか」

これで何体目になるだろう。

同じような魔物ばかり、なんてことのない相手とは言え骨が折れる。

「ん？　これは……」

倒したオーガの死体に目が行く。

今まで倒したオーガよりも若干動きが早かった個体だ。

その首元から背中にかけて、見覚えのある黒い痣が広がっていた。

「黒い痣？　しかもこれは街で流行っているものと似て――」

「お、同じだと思います」

そう言ったのはリールだった。

馬車に乗っている彼女からも、オーガの痣が見えたようだ。

「同じなんですね？」

「はい。街の人の病気と……同じ感じがします」

「なるほど」

聖女の知覚は我々とは異なる。

以前に聖女様、フレメアも病や悪いオーラみたいなものが見えると言っていた。

同じ力をもつリールがそう言うのなら、間違いないのだろう。

何となく、黒痣病の原因に近づいた気がする。それよりも……。

「急ぎましょう」

俺の予想が正しいのなら町は今、病とは別の脅威に晒《さら》されている。

出来れば外れていてほしい予想だった。しかし、残念なことにこの予想は大当たりだったらしい。

バレンティアの町。大きさはユーレアスの四分の一以下で、ユーレアスへ向かう観光客向けの商店でにぎわう小さな町だ。

「……遅かったか」

その町はもうなかった。

町を囲んでいた石壁は半壊し、建物の半数も倒壊している。

二足で歩いているのは人間ではなく、魔物たちだった。

賑やかな町だったのだろう。

綺麗な建物に暖かな日差しが注がれて、行きかう人々の笑顔が光る。

そんな情景を、今の惨状からは想像できない。

「そ、そんな……」

「酷いな」

壊れた建物に道。花壇らしき影が黒く淀んだ濁り水を垂らしている。

混ざっているのは血だろうか。

その上を平然と歩くのは、この町を今の姿に変えた張本人たち。ゴブリン、トロール、オーガ。

野蛮で中途半端な知性を持つ人型の魔物が、町を我が物顔で闊歩《かっぽ》していた。

「リールはじっとしていてください」

「ロランさん？」

魔物たちが俺に気付く。

武器をとり、こちらに向かい走って来る。

魔物の事情は、人間よりも理解しているつもりだ。

これでも半分は悪魔だから、彼らも生きるために戦っているということを知っている。

それでも今は……。

不快だな。

剣を抜く。腰に携えた剣ではなく、内に秘める剣。亡き父より継承された最強の魔剣レーヴィア。

時間は大してかからなかった。感情的になってしまった所為《せい》もあり、多少は本気を出したからだ。

町を歩いていた魔物たちは一匹たりとも残っていない。

俺は剣を戻し、リールの元へ歩み寄る。

「終わりました。これでもう……」

安心だと言おうとして止めた。

何が安心だ。魔物を倒したところで、町はめちゃくちゃにされている。

「ロランさんの足元」

「足元？」

ふと、下を見る。気付かなかったが、俺は何か人工物を踏んでいたようだ。

金属で出来た蓋のような形をしている。

「これは……！」

ここでようやく気付く。地下から複数の人の気配を感じる。

「この下に人がいます。おそらく生き残った町の人ですね」

「ほ、本当ですか!?」

「ええ」

少しだけ希望が見えてきた。

俺は少し下がり、鉄の蓋を強引に開ける。

魔物には開けられないように魔法による細工がしてあったが、簡単に解除できた。

「重くないですか?」

「これくらいは平気です」

蓋を開け、中を覗き込む。そこには地下へと続く階段があった。

「行ってみましょう」

「はい」

中は暗く、明かりがなくては足元も見えない。俺は魔法で明かりを灯しながら、階段を下っていく。すると――

「だ、誰だ!」

男性の声が響く。

「くそっ! 遂に魔物がここまできちまったのか!」

「落ち着いてください。私たちは敵ではありません」

「言葉……?」

錯乱しているのか、こちらが見えていないのか。

男性はようやく俺たちが人だと気付いた様子。

「私たちはユーレアスから来たものです。私は牧師ロラン、こちらは聖女のリールです」

「よ、よろしくお願いします」

「ユーレアスから？　それに聖女様……が？」

「はい。外の魔物も倒しました。一先ず安心してください」

俺がそう言うと、男性はどさりとしりもちをついた。

安心して膝の力が抜けてしまったようだ。

慌てて駆け寄ると、その男性も黒痣病に感染してしまっていた。

顔の上半分が黒くなっており、その影響で視力が落ちていると思われる。

「リール！」

「はい！」

リールの祈りが、男性の病を癒す。

暖かな光に包まれて、みるみる黒い痣が消えていった。

「こ、これで大丈夫です」

「見える……目が見えるぞ！」

その声にほっとするリール。彼から事情を聴こうとすると、俺たちの声を聞いた他の人たちが、ぞろぞろと集まってきた。

「聖女様って……誰かいるの？」

「助けが来たの？」

一人や二人ではない。

おそらく町で暮らしていた人たちのほとんどが、この地下にいる。

「こんなにたくさん」

「魔物が増え始めてすぐ、この地下に避難したんです」

回復した男性が教えてくれた。

元々魔物の被害が多かったこの町には、最悪の事態に備えて避難用の地下施設が造られていたらしい。

非常食の備蓄もあり、今日まで何とか持ちこたえていたそうだ。

賢明な判断のお陰で、魔物に殺されるのを防いだ。

ただし密閉された空間で過ごす分、病の感染も早くなってしまったという。

集まってきた人たちのほとんどが、黒い痣をその身につけている。

「わ、私も助けてください」

「うちの子の肌が黒くなってるんです！」

「彼の高熱が引かなくて――」

助かるのだと知った途端、人々は俺たちに押し寄せた。

救いを求めて、藁《わら》にもすがる思いで。

「あ、あの……」

さすがに困惑するリール。

「落ち着いてください！」

俺はその場を鎮めるため、大声で叫ぶ。

多少怒鳴るように言ったお陰で、シーンと静まり返る。

「聖女様の力があれば、病の進行を止め、完治させることが出来ます。ただし一度に全員は診れません。症状の重い方から順に診ていきますので、一度下がってください！」

「ロ、ロランさん……」

「大丈夫です。必要な準備は私がしますから、リールは祈りに専念してください」

「はい！」

地下に逃げ込んだ人数はおおよそ七百人。元々人口的には少なく、町の住人の半数は一時的に滞在している旅人や旅行客だったこともあり、ほぼ全員をこの地下施設に収容できた。

上は八十を越える老人から、下は生まれて間もない赤ん坊まで幅広い。

等しく黒痣病に患しており、免疫の弱い者から順に進行速度も速い。

よって最優先は老人や子供だ。

「お願いします聖女様！　うちの子を！　まだ生まれたばかりなのに……」

「は、はい！　やってみます」

そこは任せてとか、絶対治しますと言ってあげてほしい。

要所要所で自信のなさが出ているのが引っかかる。だが彼女は懸命に、苦しむ赤ん坊に祈りを捧

げた。
彼女の前には長蛇の列が出来ている。
一気に押し寄せてパニックにならないよう、俺が調整をしている。
「つ、次の人お願いします！」
「わかりました」
これほど辛く苦しい流れ作業もない。
癒しても癒しても、目の前には苦しんだ顔の人がやってくる。
人を助けられる人のところには、助けを求める人たちが集まる。
聖女様たちが見ている景色は、果たして何色なのだろうか。
俺がそんなことを考えている間にも、リールは懸命に祈りを捧げ続けた。
他人と接するのが苦手な彼女が、文句ひとつ言わず。
それは彼女の成長に他ならない。
惜しむらくは、この姿を聖女様に見せられないことだ。
しばらく経ち、半数の治療が終わった頃。
重症者はいなくなり、歩く程度は出来る人たちが残された。
助かることに安心して、列に並ぶ人たちも、落ち着きを取り戻している。
「これなら大丈夫そうですね」
俺はそう呟き、列を離れてリールの元へ歩み寄る。

「リール」

「は、はい！　私何か失敗しましたか？」

「いいえ順調です。お陰で半数の方の治療は終えました」

「そ、そうですか」

ホッとするリール。俺は続けて言う。

「残り半数なのですが、私は席を外します」

「えっ……どこかに行っちゃうんですか？」

「はい。地上へ出て、周辺の魔物を一掃してきます」

あれから時間も経っている。

いくつか新しい気配が、地上から感じ取れるし、これからどんどん増えるだろう。

「今のリールなら大丈夫です。だから、お願いします」

「……わ、わかりました！　ロランさんも気を付けて」

「はい」

リールは力強く返事をした。

これまでの彼女なら、ごにょごにょと言い淀んでいたことだろう。

僅かな時間で成長したことに、俺は密かに感動していた。

この場を任せ、俺は地上に出る。

予想通り、町には新たな魔物が入り込んでいた。

そのまま俺は空へ飛翔し、上空から町と周囲を見下ろす。

「リールが頑張ってくれているんだ」

俺は魔法陣を展開し、腰の剣を抜く。

「邪魔はしないでもらいたいね」

一匹たりとも逃さない。

リールが聖女としての役目を果たしている間、何人《なんぴと》も近寄らせないことが、聖女の騎士である俺の役目だ。

◇◇◇

戦いが終わり一段落つく。多少地形は壊れたが、魔物は一掃することが出来た。

これで当分町に魔物が来ることはないだろう。

それも時間の問題ではあると思うが……。

「そろそろあちらも終わった頃か」

俺はリールの元へ戻る。地下に入ってすぐにわかった。

リールの前に出来ていた列がなくなっている。どうやら治療は一通り終わったらしい。

リールはポツリと一人で座り込んでいる。よほど疲れたのだろうと思い、労おうと声をかける。

「リール」

「ロラン……さん」

彼女は泣いていた。

瞳から溢れた涙が、頬をつたい顎から落ちる。

目をこすった後もあって、少し腫れている。

「どうしたのですか!?　なぜ泣いて――」

一瞬、何かされたのかと思った。しかし理由はすぐに分かった。

治療が終わり喜ぶ人たちが大勢いる。

その中に、救えなかった人たちの、悲しい声が交ざっていた。

「お母さん……うぅ……ぐすっ」

真っ黒に染まった母親の遺体の前で、泣き崩れる男の子。

父親らしき男性も一緒にいて、顔を伏せている。

「ごめん……なさい。私……助けられなくて……」

聖女の力は万能だ。

病であれ傷であれ、聖女の力は癒すことが出来る。ただし、死人を蘇らせることは出来ない。

どれだけ強く祈っても、死んでしまっては手遅れだ。

あの動かない母親はもう……。

「私がもっと……もっと早く来てれば……助け、られたのに」

「リール……」

涙の理由はとても優しい。

他人の死を本気で尊ぶことが出来る優しさ。

彼女の流す涙は、紛れもなく本物の……聖女としての涙だ。

「ごめんなさい……ごめんなさい」

「自分を責めないでください。よく頑張りましたね」

泣き崩れる彼女の頭を、俺はそっと撫でる。

フレメアと同じ心を持つ彼女を、俺は誇りに思う。


夕日が沈み、夜になる。

とても静かで穏やかな夜だ。

病の恐怖に脅《おびや》かされ続けた彼らも、今日はゆっくり眠れるだろう。

リールも泣き疲れ、皆より早く寝てしまった。

「さてと」

俺は一人、地上へと続く階段へ向かう。

「どこ行くんだよ」

そんな俺を彼女の声が引き留める。

「リルか？」

「うん」

「今日は起きないかと思っていたよ」

「それはこいつのことだろ？　あたしは夜になれば目が覚めるんだよ。まっ、今日はちょくちょく起きてたんだけどさ」

「そうなのか？」

「うん。魔物に襲われた時とか、泣き崩れてた時は半分起きてたよ」

どちらも感情が高ぶったときだ。

入れ替わるギリギリの状態だったのかもしれない。しかし覚えているのなら好都合だ。

「黒痣病の元凶に心当たりが出来た。今から倒しに行く」

「本当かよ！　でも倒すって？　元凶って何だったんだよ」

「元凶は魔物だよ」

オーガに襲われた時、倒した遺体には黒痣が残っていた。

その時点で可能性の一つとして挙がっていた候補が、ここに来て最有力となった。

「昼間に町長さんから聞いたんだが、この町よりさらに西に行くと、大きな湖があるらしい」

「湖？」

「ああ。そこにしばらく前から、奇妙な魔物が生息し始めたそうだ」

その魔物は、町周辺で見かけるどれとも異なっていたそうだ。

生物の見た目でもなかったという情報もある。

まじまじと見たわけではないため、確定的な特徴はわからない。

ただ一つ言えるのは、そこに何かが居座っているということ。

「人間の病気は、基本的に魔物には影響しない。ただその逆はあるんだ。魔物がもっていた病気が人間に移り、広がってしまう例がね」

「今回もそれなのか？」

「おそらく。まだ確証はないけど、魔物にも影響が出ていた。というより魔物は感染すると強化されるらしい」

これまでに倒した個体を振り返ると、黒い痣が出ている魔物は少々手強かった。

俺にとってはほんの僅かな差だったけど、あれだけ倒せばさすがに気付く。

「放っておけばさらに広がるだろう。だから、今晩中に片付けたい。リル、君は――」

「あたしも行く！」

「なっ――おい、話を聞いてたのか？　遊びに行くわけじゃないんだぞ？」

「わかってるって！　悪い魔物を退治しに行くんだろ？　あたしはこいつと違って戦えるからな」

リルは自慢げに胸を叩く。俺は呆れながら説得する。

「あのな～。相手はどんな魔物かもわからない。それに近づけば、他の魔物も襲ってくるかもしれないんだぞ」

「それもわかってる。大丈夫だよ、魔物とは今までも何度か戦ったし」

「大丈夫なわけあるか。君にもし何かあったらどうする？」

未知の魔物を相手に、絶対守り切れるという保証はない。

いかに俺でも、万が一を想定すれば、ここに残ってくれていたほうが安全だ。

「それはロランもだろ」

「え？」

「病気の元凶に近づくんなら、ロランだって危ないじゃんか！　もしロランが病気にかかって、戦えなくなったらどーすんだよ！」

「俺は……大丈夫なんだよ、たぶんな」

「たぶんって何だよ！　大丈夫って言うけど、その理由は教えてくれないしさ！」

俺の半分が悪魔であることを彼女には伝えていない。

怖がらせないように、余計な不安を与えないよう、聖女様とも話してそう決めた。

「それにこいつ……泣いてたんだよ」

「リル……」

「苦しんでたんだ。頑張って、頑張っても助けられなくて……あたしだけ何もしないなんて嫌なんだよ！　あたしは戦える！　だから連れてってくれ！」

彼女はまっすぐに俺を見つめて叫んだ。

その瞳はわずかに潤んでいて、握った拳は震えている。

恐怖ではなく、想いが震わせている。

「はぁ……断ってもついてきそうだな」

「そのつもり」

「……仕方ない。ただし無茶はしないでくれ。俺にとっての最優先事項は、今この場では君の安全だからな」

「うん！」

まったく困ったものだ。

一度言い出したら聞かないところも、フレメアにそっくりとは……

「聖女様だな、本当に」

「ロラン？」

「何でもない。では行こうか」

「おう！」

俺とリルは夜の町へ出る。

目指すは西にある湖。そこに病の元凶が、この騒動の鍵を握る魔物がすくっている。

第五章　黒い花と覚醒

夜空は雲がかかっていて月明かりも届かない。

いつもより暗く、どんよりとした空気の中を歩く俺とリルは、さらに暗い森の中へと進んでいった。

「なぁロラン、何だか空気がヒリヒリしないか？」

「ああ」

魔力じゃない。感じるのは嫌な雰囲気だ。前へ進むほど、湖へ近づくほどに強くなる。

「気を引き締めろよ。魔物の気配が濃くなっている」

「わかってるって」

俺とリルは気配の接近に気付く。

「ロラン！」

「ああ」

森の木々をかき分け、ガサガサと音をたてながら迫ってくる。

俺は剣を抜き、音がした方向へ振り向く。次の瞬間、巨大な蛇が姿を現す。

「ポイズンスネークか」

それもかなりの大物。加えてあの時のオーガ同様、身体に黒い痣も出来ている。

「リルは下がって――ちっ、もう一匹いたのか」

最初に現れた大蛇とは反対側に、同じくらいの大きさの大蛇が現れた。

奇《く》しくも挟まれてしまったことで、リルを下がらせられなくなる。

「心配いらないよ！」

リルはそう言って、両手を天にかざす。すると、彼女の頭上に光の球体が生成され、それが五つの光の玉に分かれる。

「いっけー！」

光の玉は五方向へ散り、ポイズンスネークを攻撃する。

攻撃が当たったポイズンスネークは苦しそうに悶えながら倒れる。

「効いている？」

今のは魔法じゃない。聖女の浄化の力が込められた攻撃だ。

感染しているだけ余計に効果があるのか。

「なるほど」

毒を吐こうとしていたもう一匹のスネークを輪切りにして、俺は剣を鞘に納める。

「確かに戦えるらしい」

「だから言っただろ？　あたしはリールじゃなくてリルなんだからな！」

「その理屈はイマイチわからないけど、とりあえず安心したよ」

これで余程のことがない限り、自分の戦いに集中できる。

「頼りにしてるよ。リル」

「おう！　リールみたいに傷は治せないけど、戦いなら任せてくれ！」

「そうだったな。ん？　じゃあ俺がもし感染したらどうするつもりだったんだ？」

確か出発前は、俺が感染しても大丈夫なようについてくる。とか言っていたはずだけど、よく考えたらリルには癒す力は使えない。

「そのときはリールをたたき起こすか、さっきの玉を思いっきりぶつければ治るよ！」

「……ぶつけるのか」

一応は聖女の力だし、それで治るのは間違いなさそうだけど……

ポイズンスネークの苦しみ様を見た後だと、さすがにぞっとするな。

「これは意地でも無病で帰らないとな」

「ん？　何か言った？」

「何でもない。先を急ごう」

「おう！」

◇◇◇

ここへ来る前、湖について町長さんから話を聞いた。

のどかな風景の中にある大きな湖は、見ているだけで心が安らぐスポットだったらしい。

水は澄み切っていて、湖の底もハッキリ見えるほど。その水は今……黒く変色していた。

「う……この臭《にお》い……何だよ」

僅かに霧も出ている。

臭いも含めて、その発生源は湖の中心にあった。

「ロラン、あれ」

「間違いない。あれが元凶だ」

一目見て、それが元凶であると察した。

湖の中心に、漆黒の花が咲いている。しかも巨大な花だ。

道中に出会ったどの魔物よりも大きく不気味に、堂々と湖の中心を占拠している。

黒いのは花だけではない。その下から見える葉っぱ、ツル、茎に至るまで黒く染まっている。

こんな花は見たことがない。いいや、あれはそもそも花などではない。

「植物タイプの魔物か。こんなに大きいのは初めて見る」

「ろ、ロラン！」

水しぶきが舞う。黒い花の下から、黒く半透明な触手が無数に出現した。

おそらく俺たちの接近に気付いたのだろう。

ウネウネと動きながら、触手の先端が俺たちへ向く。

「き、気持ちわるっ」

「気を抜くな！」

触手が一斉に襲い掛かってくる。

俺は魔法陣を足元に展開し、光の結界を発動。触手は結界に弾かれ花の周囲へ戻っていく。

「リル、同じような結界は使えるか？」

「え、う、うん」

「だったら俺が結界を解いたら、すぐに自分の身を守ってくれ」

「待ってよ。あたしだって――」

「駄目だ」

俺はきつめに否定した。リルは怯えるように身体をびくっと震わせる。

「あんな魔物は俺も見たことがない。攻撃の手がどれだけ隠されているかわからない以上、君を守り切れない可能性もあるんだ」

「で、でもそれじゃロランだけ」

「大丈夫だ。俺はこれでも、世界で一番強いから」

亡き父と母から受け継いだ力がある。

相手がどんな魔物でも、俺が負けることはあり得ない。

「リル。今は俺を信じてくれ」

「……わかった。絶対に死なないでよ」

「ああ。結界を解く」

「うん！」

魔法陣が消え、透明な結界が砕ける。その直後、リルが聖女の力で結界を自分を囲むように展開した。

癒す力は使えない彼女だけど、守る力は使えるようだ。

どうして同じ聖女なのに、リールとリルで使える力が分かれているのだろう。

甚《はなは》だ疑問だが、今はそれより——

「さて」

まずは小手調べだ。

俺は空中へ飛び上がり、右手を空にかざす。足元に展開した魔法陣から発生したのは炎だ。炎は頭上に集まり、三つの球体を作る。

「燃えろ」

降り注ぐ炎の玉。未知の魔物とは言え、植物の見た目をしている以上、炎の攻撃は有効なはず。

案の定、触手が盾となって炎を防ぐ。

触手は炎が当たった箇所だけ消滅したが、すぐに再生した。

「再生するのか。なら触手への攻撃はあまり意味がないな」

続けて触手が俺に迫ってくる。

俺は剣を抜き、触手を切り裂いて分析する。

この触手は半分が水なのか。

湖の水を触媒にして、あの黒い花の魔力で制御している。

斬れば相手の魔力を少しだけ削げるけど、ほとんどダメージにはならない。やはり攻撃するなら、本体らしき花しかないか。

そのためには触手の攻撃が邪魔だな。

「だったら――」

俺は瞬時に高度を下げ、左手に魔法陣を展開。

狙うは黒い花ではなく、黒く染まってしまった湖の水だ。

「これでどうだ？」

放たれる白い光が水面に当たると、一瞬にして湖の水が凍り付く。

同時に湖に浸かっている花やツル、触手もカチコチに凍ってしまった。

これで触手は使えない。後は花を攻撃するだけだ。

そう思って近づいた俺の足元が、パリッと割れる。

「何っ？」

「ロラン！」

リルの心配そうな声が響く。

足元から触手が伸び、俺を摑もうとしたがギリギリ回避した。

俺は再び空中から花を見下ろす。

バリバリと音を立て、他の場所からも触手が伸び氷が砕けて散る。

どうやら凍っていたのは表面だけで、奥の水はまだ残っていたらしい。

「だ、大丈夫なのか？」

「大丈夫だ。リルは自分の身を守ることに専念してくれ」

「う、うん」

水は全て凍らせたつもりだったのだがな。

おそらく湖の水も汚染された影響で、魔法に対する耐性が強化されているのだろう。

全て凍らせるなら、もっと威力を上げるか時間をかけないと。

だったら今度は、単純に火力勝負といこうか。

俺は自身の背後に無数の魔法陣を展開させ、そこから砲撃の雨を降らせる。

以前にアモンが見せていた戦い方で、同じことをするのは正直嫌なのだが、そんなことも言っていられない。

砲撃の雨は触手ごと撃ち抜いて、本体の花に注がれる。

しかし——

黒く半透明な盾が花を砲撃から守っている。

「魔法の盾？」

そんなものまで使えるのか。

ここまで汎用性の高い魔物は魔界にもそういない。

突然変異で生まれたか。あるいは誰かが人工的に手を加えて改造したのか。

どっちにしろ、手強い相手であることは間違いない。

「だがそれだけ必死に守るということは、そこがお前の本体だろう？」

続けて俺は雷を降らせる。攻撃は届く。本体さえ倒してしまえば終わりだと予想して、怒濤《どとう》の攻めを続ける。

次第に触手の数も減っていき、黒い花は防御に徹するようになる。

いや違う。

あれは守っているんじゃない！

黒い花は触手を束ねていた。

束ねた触手の先端から、紫色の光が輝く。

そして、紫の光はレーザーのように、四方を攻撃し始める。

「っ……この威力」

貫通力は桁違い。咄嗟に光の壁で防御したが、簡単に貫かれてしまった。

わずかに生まれた時間で回避しなければ、俺の胸にも穴が開いていただろう。

「リルは!?」

俺はリルに目を向ける。

彼女にも紫の光は猛威を振るっていた。しかし彼女の結界は、何とか紫の光を防いでいる。

一安心したのもつかの間。回避していた俺の脚に何かが絡みつく。

視線を下へ向けると、花の根元から伸びていた触手の一本が俺の脚を留《と》めていた。

「しまっ――」

まだ触手は残っていたのか。

焦る暇もなく、紫の光が俺を襲う。

回避は間に合わない。防御しても貫通されてしまう。ダメージを覚悟した俺の眼前に、白く光る壁が生成される。

「ロラン！」

守ってくれたのは彼女だ。

俺のピンチを察して、彼女が遠く離れた場所から結界の壁を作ってくれた。

お陰で攻撃は防がれ、俺の身体も無事だ。

刹那――黒い花が標的を変える。

紫の光は一か所に……リルのほうへと注がれる。

いくらリルの結界でも、全てが合わさった攻撃までは防げない。

「くそっ！」

結界は破壊された。

そこへ紫の光が――

「リル！」

脚に絡まった触手を切り裂き、全力で彼女の元へ駆ける。

そのまま彼女を庇うようにぶつかった。

「ロ……ラン？」

「ぐっ……」

紫の光は、俺の腹部を貫いた。

油断していた。俺との戦いに集中している最中に、リルを狙う余裕なんてないと思い込んでいた。

そもそも魔物に俺たちの常識は通用しない。

その油断が招いた結果が、俺の腹に風穴を開けている。

「ぐふっ……」

「ロラン！」

「いいから！　結界を張りなおせ」

黒い花は続けて攻撃を仕掛けようとしている。

リルは再び結界を展開。そこへ俺の魔法も加え、二重の結界に強化する。

これならさっきの攻撃でもしばらくは耐えられるだろう。

「っ……油断したな」

内臓を貫かれた。痛みは来るとわかっていれば耐えられる。

問題は出血が止まらないことだ。

魔法による治癒を試しているのに、ほとんど効果がない。

さっきの攻撃が魔法を妨害しているのか。

「ごめん……ごめんなさい」

「リル」

ふと、彼女に視線を向ける。

その瞳から大粒の涙がこぼれ落ち、ぽたぽたと服を濡らしている。

「あたしを庇って……あたしの所為で……」

「違う。リルの所為じゃない」

「違わないよ！　あたしがついて行くなんて言ったから……」

「そうじゃない」

リルが自分を責めている。

俺は違うと否定しているけど、傷ついた彼女の心には届かない。

彼女の同行を許したのは俺だ。俺と一緒にいる方が安全かもしれないと思った。

どんな魔物が相手でも、守りながら戦っても、俺が負けるはずないと思っていた。

全ては俺の思い上がりだ。

いや、そうじゃない。

どうして最初から全力で戦わなかった？

未知の魔物が相手なら、出し惜しみなんてせず最初から本気で戦うべきだった。

守るべき人が近くにいるなら尚更だ。

それをしなかったのは油断していたからじゃない。

怖かったんだ。

俺が何者であるかを彼女が知って、ようやく心を開いてくれていたのに、また閉ざしてしまうかもしれないと。

勝手に思って、勝手にブレーキをかけていた。

「馬鹿か俺は」

決めるのは俺じゃない。

それを知ってどうするかなんて、俺が考えることじゃなかった。

思い上がるなよ。俺は何のためにここにいる。

何のための強さだ。

「大丈夫だ。もう――終わりにするから」

魔力の解放と共に姿が変わる。

頭の左側から生える角と、全身を覆うどす黒いオーラ。今の俺と目の前の魔物を見比べたら、はたしてどちらに恐怖するだろう。

「ロラン……なの？」

「ああ」

「人間じゃ……なかったのか？」

「半分は悪魔なんだ。今まで黙っていてすまない」

「……」

「こんな姿で言っても信じてもらえないかもしれない。だけど言うよ。必ず守るから、俺を信じてくれ」

返事はなかった。それでいい。俺がやるべきことは決まっている。

「いくぞ」

右手に召喚したのは魔剣レーヴィア。父の形見であり、世界最強の魔剣。この世の万物を切り裂き、全てを消滅させるおぞましき力。たとえ未知であろうと、この世に存在している時点で、この刃からは逃れられない。

力を解放したことで、操れる魔力量も増えている。展開した結界の強度は、触手や紫の光をものともしない。

俺はただ真っすぐ進み――

「終わりだ」

剣を振り抜けばいい。

ただ一閃。魔剣に斬り裂かれた黒花は散り、黒く光る魔力の粒子がはじけ飛ぶ。

花が散ったあと、ゆっくりツルが消え、茎も消滅していく。

最後には湖の色が黒から透明に戻って、夜の静けさだけが残された。

「ふぅ」

呼吸を整えてから、俺はリルの元へ戻る。

じっと見つめる彼女の前に立ち、しばらく無言のまま見つめ合っていた。

そして、リルから口を開く。

「終わったんだな」

「ああ、終わったよ」

「……本当に悪魔なのか」

「見ての通りだ」

「……」

「やっぱり怖いか？」

「……ううん、怖くないよ」

そう言ったリルは、怯えている様子もなく、見つめた瞳も逸らさない。

どうやら本当に怖くないらしい。

怯えられる覚悟をしていた俺は、緊張がほぐれてほっとする。

「そうか。なら良かっ」

「ロラン！」

その所為だろうか。

全身から力が抜けて、腹の痛みが強くなる。

「っ……今になって……」

「ろ、ロラン！　傷口から痣が！」

黒い痣？

黒痣病の症状が俺にも出ているのか？

半分悪魔である俺はかからないと思っていたのに……いいや、直接攻撃を受けたからだ。

傷口に毒か何かを注入されて、お陰で治癒もままならない。

予想外なのは、本体を倒したのに発症したことだ。

「血が、血が止まらないよ！」

「たぶん黒痣病の影響だ……治癒魔法も全く効かない」

「そ、そんな……どうすればいいの？　あたしじゃ治せないのに」

「っ……」

「ロラン！」

ぼやけつつある視界の中で、リルの涙が見える。

ああ……俺は結局、彼女を泣かせてばかりだな。

◇◇◇

あたしは……一人だ。

夜は特に寂しい。

月明かりはあるけど、街から離れれば街灯もない。

吹き抜ける風も冷たい。

ほとんどの人は眠っているから、誰かの会話も聞こえてこなくて静かだ。

その静けさがたまらなく寂しい。

自分だけが世界に一人取り残されているような気分にさえなる。

そんな日々が突然終わった。

「ロラン！」

「リルか」

昼間のあたしを、リールを助けてくれた人。リールじゃなくて、リルとしてのあたしを見てくれる。生まれて初めて、目覚めるのが待ち遠しいと思えたのは、きっと彼のお陰だ。

早く夜になってほしい。そんな風に思う毎日が、明日からも続いていくと思っていた。

だけど……。

「どうしよう、どうしようどうしよう！」

苦しそうな表情で倒れているロランを見て、あたしは何もできずにアタフタしていた。

リールのように癒す力はない。あたしに出来るのは、魔物を倒したり、結界で身を守ることだけ。

聖女らしからぬ力だけど、それで良いと思っていたし、これまでは何の不自由もなかった。

リールが怯えたら、あたしが起こされて戦う。

弱虫な彼女を守るために、あたしが頑張らないといけないって。

今になって、リールの力を羨ましいと思う。

「起きてよリール！　リールの力を！　お願いだよ！」

あたしじゃだめだ。

傷口から広がる黒い痣が、徐々に全身へ回っていく。

黒痣病は全身に痣が広がってしまうと死に至ると聞いた。

あきらかに広がるスピードが速い。

このままだと、あと数分も経たずしてロランは……。

「死んじゃう……ロランが死んじゃうよ！　だからお願い！　起きてよリール！」

あたしにとって唯一の光。夜を照らす月よりも明るくて、一緒にいるだけで温かくなる人。

死んでほしくない。

「お願いだよ……あたしじゃ……あたしじゃ助けられない」

なんて無力なのだろう。戦う力なんてあっても、あたしには何も救えない。

リールは癒し、多くの人たちを助けているけど、あたしは何も出来ていない。

これじゃ……自分がどうして生まれたのかもわからない。

「うぅ……」

「リル」

ロランが小さな声であたしの名前を呼ぶ。

弱々しい力で、彼はあたしの手を握り、いつものように優しく微笑む。

「君は聖女でしょう？　なら……大丈夫だ」

「で、でもあたし……リールみたいに癒す力なんてないよ」

「本当に……そうかい？」

「えっ？」

「ずっと……疑問に思っていた。リールもリルも同じ聖女なのに、昼と夜で使える力が違うなんてことがあるのかって」

「出来ない……出来ないよ。試したことだってあるんだ。でもあたしには出来なかった。だから……」

ロランの手が、あたしの頬に触れる。

「聖女様……フレメアが言っていた。聖女の祈りは……願いなんだ」

聖女はね？

主に祈りを捧げることで色々な奇跡を起こせるの。

その奇跡は、私が強く思えば思うほど強くなる。

祈りに込めるのは、私自身の願い。

込められた願いが本物なら、主は必ず応えてくれる。

「リル……君の願いが本物なら必ず届く」

「本当に？」

「ああ」

「……わかった。あたしやってみるよ！」

あたしがそう言うと、ロランはニコリと笑ってくれた。

痛みもあるし、出血も酷い。

全然笑えるような状況じゃないのに、無理をしてでもあたしに笑いかけてくれた。

そんな彼だからこそ助けたい。

それがあたしの願い。

祈りに込める唯一無二の願いだ。

「お願い……神様、ロランを助けて」

今だけでも良い。

一度だけで良いから、あたしの願いを聞いてほしい。

ロランに教えられたように、私は精一杯の祈りを捧げた。

助けたいという思いを込めて、自分の手が痛くなるくらい握りしめる。

そして、光がロランを包み込む。

魔を祓う光とは違う。優しくて淡い光だ。

「出来た……出来たよロラン！」

「だから言っただろう？」

そう言って、ロランが身体を起こす。

力強さが戻った手はなお優しく、あたしの頭を撫でる。

「ありがとう。聖女リル」

「うん！」

あたしはこの日、初めて聖女と呼ばれた。

◇◇◇

情けない。燦燦《さんさん》と照らす太陽を見つめながら、己の不甲斐なさを恥じている。

元凶は倒され、町の人たちが新たに感染する心配はなくなった。

今日から復興作業が始まり、俺たちはその手伝いをしている……のだが、イマイチ身が入らない。

「はぁ……」

何度思い返しても情けないな。

敵の力を見誤り、守るべき人を泣かせ助けられるなんて騎士失格だ。

加えて偉そうに高説を垂れて……仕方がない状況だったとは言え、俺が口にできる言葉じゃなかったと反省する。

「あ、あの」

「ん？　リル、リールか」

「はい」

呆けている俺の横には、いつの間にかリールがいた。

「どうしたんだ？　町の人たちは？」

「み、皆さん作業に戻られました」

「そうか」

元凶を倒したことで、町の人たちは盛大に喜んだ。

俺やリルに何度もお礼を言って、お金とか残っていた高い物を渡そうとしたり。

自分たちの今後のために必要だからと受け取らなかったけど、それはもう何度も何度も感謝の言葉を口にしていた。

それは全てリルのことで、昼間のリールは知らない。

彼女はただただ困惑しながら、その感謝を受け取っていた。

「ロランさん、昨日の夜ってその……私も一緒だったんですよね」

「うん。色々あったから、あまり覚えていないと思うけど」

「いえその……私だけど、私じゃなかったと思うので……ごめんなさい」

今、何と言った？

「リール、君はもしかして……気付いているのか？」

「は、はい……やっぱりいるんですよね」

昼間のリールは、リルのことを知らないという話だった。

そうリルから聞いていたけど――

「ロランさん、お話ししておきたいことがあります」

どうやら違ったらしい。

◇◇◇

「そ、それは事実なのか？」

「はい」

リールから伝えられた真実に動揺して、俺は思わず聞き返してしまった。

「このことを彼女は？」

「し、知らないと思います」

「まぁ、そうだろうな」

知っているのなら、彼女もあんな態度はとらないだろう。

「どうするんだ？」

「どうもしません」

「このまま黙っておくのか？」

「はい。と、時が来れば……わかることなので」

「待ってくれ。それじゃあ彼女は……わかった。その時が来たら、俺はどうすればいい？」

「傍にいてあげてください」

「……わかった」

この話は誰にも伝えない。

リルにはもちろん、フレメアにも話せそうにない。

誰にとっても良い話じゃないからだ。

いずれ来るその日まで、俺の胸の中にしまっておくことにしよう。

その日の夜は、みんな疲れて早く眠ってしまった。

慣れない作業ばかりだったから仕方がない。

俺は一人、町に魔物が来ないか見張りながら、彼女が来るのも待っていた。

「ここにいたんだ」

「リル」

そして彼女が来た。待ち合わせしたわけでもない。

きっと来るのだと思って待っていた。

リルは俺の横にちょこんと座る。

「傷、もう大丈夫なのか？」

「ああ、お陰様で治ったよ。リルのお陰だ」

「そ、そうか？　何か照れるなぁ」

リルは恥ずかしそうに笑っている。

昨日の夜は取り乱していた彼女も、一日経って落ち着いたようだ。

「本当に出来たんだな……あたしにも」

「ん？　ああ、癒す力のことか」

「うん。ロランに言われなかったら一生できなかった気がするよ。ロランはわかってたんだな」

「いいや」

「え？」

「出来るだろうとは思っていたよ。でも聖女の力なんて俺にはないし、半分は勘だったかな」

「か、勘？　あの状況で？」

呆れてリルが大きく口を開けたまま固まる。

「聖女様が教えてくれた言葉は本当だぞ？」

「祈りは願い……うん。それは絶対間違ってない！　あたしの願いはちゃんと届いてくれたからな」

「ああ、お陰で俺は救われたよ。君の願いが本物だったから、俺は今も生きている。本当にありがとう」

俺は深く頭を下げた。彼女には感謝してもし足りない。

もしあの時、死んでいたら……二度とフレメアには会えなかった。

「ううん。あたしを守ってくれたのはロランだから。一周回ってロランのお陰だよ」

「ふっ、おかしな理屈だ」

戦いも病もなくなり、緊張感も解けている。

こういう時間にこそ、平和を実感できるとしみじみ思った。

「リル、明日にはユーレアスに帰るぞ」

「え、もう帰るの？」

「ああ。復興作業の手伝いもしたいが、向こうのことも心配だ。特にフレメアは一人にすると、頑張りすぎることがあるからな」

元凶を倒したのは昨日だ。

おそらくまだ、ユーレアスの街の感染は治まっていない。

病気にかからないと言っても疲労はある。

倒れてしまわないか心配だ。

「……ロラン」

「なんだ?」

「……ううん、何でもない」

リルは何か言いたげな雰囲気のまま立ち上がり、建物へと歩いていく。

「じゃあまた明日な!」

「ああ」

◇◇◇

「次の家に行きましょう」

「了解っす」

ロランとリールが街を出てから、私は毎日祈りを捧げ続けた。

街中の家を一軒ずつ回り、変わりなくとも念のため祈りを捧げ、次の家に向かう。

朝早くから始めて、終わるころにはすっかり夜。疲れて帰っても、お帰りなさいの声は聞こえない。

「今の……」

「チェシャ?」

「何でもないっす! さぁ残り七軒っすよ!」

「ええ」

数日も続ければ慣れるもので、今日は普段よりも早く終わりそうだ。それでも夕日は沈みかけているし、終わるころには夜だろう。

「ありがとうございました」

「はい。また明日お伺いしますね」

最後の一軒が終わり、外へ出て小さくため息を漏らす。

「はぁ……」

黒痣病の影響で、夜の街はとても静かだ。

出歩いている人なんて、私を除けば数人だろう。

その静けさが寂しさを膨らませている。

「帰りましょうか」

「そうっすね」

帰路につく。でも、帰ったところで誰もいない。

教会の扉を開け、奥の部屋へと入るとき、癖で一言口にする。

「ただいま」

「おかえりなさいませ、聖女様」

「へっ……」

返って来ないと思っていた返事が不意に聞こえた。

「ロラン？」

「はい。つい先ほど帰ってきたのですが、先に夕食の準備を済ませておきました。チェシャもお帰り」

「ただいまっす！　やっぱりあの魔力は若様だったんすね」

どうやらチェシャは気付いていたらしい。

ううん、そんなことはどうでも良くて……。

「ロラン！」

「うおっ、聖女様？」

「会いたかった……おかえりなさい、ロラン」

「……ただいま、フレメア」

私はただ、彼の顔を見られただけで心が一杯になっていた。

そのぬくもりに抱かれれば、疲れなんて消えてしまう。

第六章　この気持ちはなんだろう

ロランとリールのお陰で、黒痣病の元凶は倒された。

元凶がいなくなれば黒痣病の蔓延は止まる。というわけではなくて、二人が帰って来た後もしばらく流行は続いた。

「今日もありがとうございます。聖女様」

「これが私の役目ですので。それでどうでしょう？　数日前に比べて身体の調子は」

「かなりよくなりました！　前は聖女様に癒して頂いても翌日には症状が出ていたのですが、最近はペースも遅くなっている気がします」

「そうですか。それは良かったです」

その話を聞いて、心の底からホッとする。

元凶を倒しても病がなくならないことに落胆して、一時的にすごく落ち込んで。特にリールとロランが落ち込んでいたけど、ちゃんと効果はあったようだ。

二人が元凶を倒してくれたお陰で、黒痣病の力が弱体化しつつある。

驚異的だった感染力も弱まり、日に日に街の感染者数も減少している。

「良かったっすね！　聖女様」

「うん。これなら終わりも見えてくるわ」

私とチェシャは次の家に向けて足を動かす。

ロランはリールと一緒に街の家々を回ってくれている。

彼女の力は不安定でまだまだ弱かったけど、バレンティアでの経験を経て安定し始めている。

聖女としての自覚も強くなったのか、街の人たちへの治療も積極的になっていた。

ただ、いくら力の制御が出来るようになっても、人見知りはそうそう簡単には直らないらしい。

しばらくは継続してロランがサポートすることになりそうだ。

「ってことは、しばらくまた一人か……」

「そんなことないっすよ！　ウチもいるし、若様だって帰って来たっす」

「そうね。そうだけど」

最近と言うより、ロランが彼女を教会に連れて来てから、ロランとは別行動をとることが多くなった気がする。

彼女、リールは私と同じ聖女の力を持っていて、自分の生まれもこれまでのことも憶えていない。

一人で生活するには色々と足りないから、誰かの助けが必要だ。

そして世話焼きなロランが彼女を放っておくはずもない。

初めからわかっていたことだけど、こうして時間が経ってみると明らかだ。

「そういえば二人、ロランとリールだけど」

「ん？　お二人がどうしたっすか？」

「何だか少し仲良くなっていた気がしない？」

「あーそういえばそうっすね。何か前より距離が近くなった気はしてるっす」

チェシャも感じているらしい距離感の変化。バレンティアから帰ってきた二人は、以前よりも自然に会話が出来るようになっていた。

リールは変わらず男性が苦手だけど、ロランは別になっている。

話を聞く限り相当の体験をしてきたみたいだし、距離が近づくのは当然と言えばそうなのだけど。

ロランが自分以外の女の子と仲良くなることに、少なからず嫉妬して……

「って、思えないのよね」

不思議なことに、嫉妬心は微塵《みじん》もわいてこない。

それどころか二人が仲良くなったことを嬉しいと、微笑ましいとさえ思う。

なんというか、妹の成長が見られて喜んでいるというか。

私には姉妹がいないから、そのこと自体はハッキリわからないけど、リールのことは気になってしまう。

もしかするとロランも、私と同じような気持ちなのかもしれない。

それから最後の一軒まで訪問を終えて、私とチェシャは教会へ戻った。

すでにロランとリールは戻ってきていて、ロランは夕食の支度に入っていた。

チェシャも彼の手伝いを始める。

彼が支度をしている後ろで、私とリールは向かい合って座る。

「今日はどうだったの？」

「は、はい。えっと、頑張れたと思います」

「そう」

「頑張っていましたよリールは。私が話さなくても一人で街の人に話しかけていましたしね」

ロランが野菜を切りながら教えてくれた。

疑っていたわけじゃないけど、彼がそう言っているなら間違いなさそうだ。

「疲れはどう？」

「す、少し疲れましたけど大丈夫です」

「力の制御が良くなっている証拠ね」

以前なら街の半分も歩いて力を行使したら、途中で倒れてしまっていただろう。

聖女の力は強力で、制御できないと身体への負担も大きくなる。

私も小さい頃はすぐにばててしまって大変だった。

その頃からこまめに休む癖がついて、気が付けば隙を見つけて休もうと……っていう話をロランにすると、言い訳だと怒られてしまうだろう。

しばらく待って料理が完成した。

テーブルに並んだ夕食に手を合わせて、いただきますと声に出す。

四人で一緒に食べながら、私はロランに街の様子を確認する。

「どうだった？」

「まだ再発は続いているようですね。ただ悪い傾向ではありません」

「そっちも？　私のほうも頻度が減っているって話を聞いたわ」

「ええ。先日よりも再発した方の人数も減っています。このペースなら十日もあれば完全になくなるでしょう」

ロランから経過を聞きながら、黒痣病の終わりを予感する。

流行病の時期に流行ったまったく別の病。

私も初めて目にする新種の病も、ようやく根絶されようとしていた。

この後始末もしばらくすれば終わる。

そう思うといくらか気分が良くなってくるけど、小さな疑問は残っている。

黒痣病は……どこで生まれたのだろう？


「ご馳走様でした」

ロランが作ってくれた夕飯を綺麗に食べ終わって、行儀よく挨拶をする。

私が食べ終わった後すぐに三人も手を合わせて、ご馳走様と口にした。

「片付けは私がやりますので、二人は休んでいてください。チェシャ」

「お風呂の準備っすよね！　任せるっす！」

「ああ、頼むよ」

チェシャはロランから言われる前に立ち上がり、お風呂の支度をしに走る。

私もロランの手伝いをしようかと言いたい所だけど、私が手伝うと余計な仕事を増やすだけなので黙っておく。

するとリールが立ち上がって言う。

「わ、私もお手伝いします」

「無理しなくて良いですよ。二人とも、力を使った分私たちより疲れているはずですから」

二人とも、と私のことも含んでいる。

ロランのことだから、私が手伝いたいと思っていることも理解してくれていたのか。

そう思うと素直に嬉しい。

リールの方はちょっぴり残念そうにしていた。

「リール、お言葉に甘えましょう。実際リールも疲れてはいるでしょう?」

「は、はい……そうします」

そう言いながらも落ち込んでいる様子。

手伝いを断ったのはロランの優しさだけど、リールには気遣いを拒否されたように感じてしまうのかもしれない。

私はそっとフォローするように、彼女に話しかける。

「ちゃんと話せるようになってきたわね」

「え?」

「ロランに。それと街の人にも」

「は、はい！　お二人のお陰で、ちょっとだけ怖くなくなってきました」

リールは笑顔をのぞかせる。

こういう何気ない笑顔も、出会ったばかりの頃に比べて増えていた。

「そろそろ教会を一人で任せられそうかしら」

「え、えぇ？　そ、それはまだ自信がないです……」

「そうかしら？　この間も立派に役目を果たせていたわよ」

バレンティアから帰還して以降。教会でのお仕事も、リールが代わりにする機会を設けている。

私とロランが見守る中だけど、彼女はちゃんと相手の話を聞いて、聖女として振舞えていた。

それを見て、見回りも分担することになったわけで。つまり、彼女は確実に成長している。

「いつかはそうなってほしいし、一度くらい挑戦してみるのも良いかもしれないわよ」

「そう……ですけど……」

「不安ならロランに一緒にいてもらうわ。その間に私はチェシャと街を回るから」

「……」

リールは顔を伏せて考え始める。

慣れて来たとは言ってもまだ不安はあるのだろう。

私も無理にとは思っていないし、断るならそれはそれで良いと思っていた。

「わかりました。が、頑張ってみます」

意外にも彼女はやる気を見せてくれた。

提案した側だけど、やると答えてくれるとは思わなくて素直に驚く。

それと同じくらい嬉しくて、不意に笑みが漏れる。

「じゃあ明日は頑張ってみて。ロランもそのつもりで」

「あ、あの！　そのことですけど……」

「ん？」

◇◇◇

翌日。教会をリールに任せて、私たちは二人で街を見回ることになった。

朝早くに予行練習をしてから、何度も彼女を勇気づけて出発。不安は残るものの、彼女を信じて私たちは自分の仕事をすることにした。

「久しぶりね。こうして二人だけで街を回るのって」

「そうでしたね」

二人、というのは私とロランのこと。

予定ではチェシャと一緒に行くはずだったけど、昨日の夜にリールから思わぬ提案をされた。

ロランではなく、チェシャと二人で残るという提案だ。

その提案を受け入れて、私たちはこうして二人で並んで歩いている。

「彼女には驚かされましたね」

「ええ、私から提案したことだけどやる気になってくれるとは思わなかったわ」

「それもありますが」

「そうね」

彼女がロランではなくチェシャを指名したこと。

私の目から見て明らかに、彼女はロランと距離が近づいている。

チェシャと仲が悪いわけじゃないけど、長く一緒にいる分ロランのほうが信頼できる相手のはずだ。

「もしかすると、彼女なりに気を遣ってくれたのかもしれませんね」

「気をって、何を？」

「私たちが一緒にいられるように……ですよ。最近は特に忙しくて、一緒にいる時間が減っていましたから」

「ロランもそう思ってくれていたの？」

彼は優しい顔でこくりと頷く。

私が思っていたように、ロランも思ってくれていた。

それが分かっただけで、胸の奥がホワホワし始める。

「ふふっ、そっか。ロランも同じだったのね」

「当たり前じゃないですか。私は聖女様の騎士で、俺はフレメアが好きなんだから」

「ロラン」

不意打ちはずるい。

好きという言葉も久しぶりに聞いて、思わず嬉しさに身体が震える。

私もロランが大好きで、一緒にいられる時間が幸せで。

同じように彼も思ってくれていると知ると、それだけで胸がいっぱいになるようだ。

そんな中、ふと思う。

彼女のことはどう思っているのか？

聞いてみたい気持ちもあって、聞かないほうが良い気もして。

両天秤がユラユラ揺れて、結局傾いたのは――

「ねぇロラン、リールのことはどう思ってるの？」

聞きたかったこと。でも同じくらい聞きにくかったことを口にした。

ロランは立ち止まり、驚いたように目を見開いて私を見つめる。

私からこんな質問が来るなんて予想していなかったようだ。だから私は、あえてもう一度口にする。

「リールのこと……好き？」

それも今度はあからさまに、もっとストレートに聞いてみた。すると、ロランは真剣な表情を見せる。

いつになく真面目な眼差しを向けながら、優しい声で答える。

「大切には思っています」

「……そう。素直に答えるのね」

「嘘をついてもフレメアにはわかるでしょう?」

「ふふっ、そうね。ロランはわかりやすいもの」

それに、ロランがそう答えることは何となくわかっていた。

彼を一番近くで見てきたから、彼が何を考えているかも少しずつわかるようになっている。

世話焼きなロランは、リールのことを放っておけない。

ただそれ以上に、心配しているのも見ればわかる。

今だってそうだ。

彼女の頑張りを信じながらも、チェシャと二人で大丈夫かと思っている。

言い出しっぺの私と同じように。

「好きか嫌いかで問われれば、好きと答えるでしょう。ただ正直、自分でもよくわからないですね」

「そうなの?」

「ええ。大切には思っています。それは間違いありませんが、どうにもしっくりこない」

ロランは自分の胸に手を当てながら続ける。

「フレメアを心配する気持ちとは違うんです。好きと言う気持ちも、フレメアに対するものとは違って……何というか、妹がいたらこんな感じなのかなと」

「妹……それ、私も思ってたわ」

「フレメアも？」

「うん。ロランと同じ。私もよくわからないけど、彼女のことは放っておけなくて、いつも心配なの」

自分と同じ聖女だから？

それもあるけど、それだけじゃないと思う。

単に手がかかる年下の女の子だから、妹みたいだと思ってしまうだけかもしれない。

ロランが彼女に向けている心配は、他人に向けるにしては深くて、私に向けるものとも違う。

無理やり言葉にするなら、身内に向ける心配と言うべきか。

「怒っていますか？」

「ううん、だって違うんでしょ？」

「ええ、違います」

「それがわかっただけで十分よ」

私はロランが好きで、ロランも私が好きだと言ってくれる。

お互いの好きは同じ気持ちで、他の誰も入り込めない場所だ。

聞きたかったことを聞けて、心が少しだけ軽くなる。

それから私たちは街を巡って仕事に励んだ。

街の人から、二人並ぶと絵になるとか、相変わらずお似合いの二人だとか。

そういう風に言ってもらえて、とてもいい気分で一日を終える。

◇◇◇

「これでよし」

皆が眠ってからも一日は終わらない。

明日の準備はもちろんのこと、夜にしか会えない相手もいる。

やることを済ませてベランダに行くと、彼女はいつものように待っていた。

「リル」

「お？　やっときたな」

振り返った彼女は悪戯《いたずら》な笑顔を見せる。

リルとは別の人格。本当の意味でもう一人の聖女と呼べるリルは、リールが眠っている間だけ顔を出す。

リールよりも乱暴な話し方でどこか男っぽくて、リールより危なっかしい。

そんな彼女ともバレンティアでの出来事を経て、距離が近づいたと実感している。

「今日はどうだった？」

「どうって？」

「昼間だよ。久しぶりの二人きりだったんだろ？」

「まぁね」

二人は記憶を共有していない。

リールからの提案は、昨日の夜にリルへ伝えてあった。

その際についでと思って、どうしてリールがそんな提案をしたのか聞いてみたけど。

「あたしにはわかんない」

と、あっけなく返されてしまった。

たぶんだけど、彼女には理由がわかっていると思う。

それを自分の口から言わないことにも、何か意味があるのかも。

ふと、フレメアに問われた質問を思い出す。

俺がリールをどう思っているのか。

好きなのかという問いに、俺は素直にそうだと答えた。

同じ好きでもフレメアに対するものとは違う。

恋ではないけど愛はある。

そんな感じの曖昧な気持ちが、俺の中にはある。

「な、何だよじっと見て」

「……」

「黙ってないで何か言ってくれよ。恥ずかしい」

「ん、あーすまない。考え事をしていた」

彼女を見ていれば、曖昧な理由もわかるかと思ったがそうでもない。
やはり年下の気の置けない相手で、妹みたいに思っている自分はいる。
それ以上はない。いや、それ以上はなくとも、それ以外はある。
何となく、自分に似ている気がするんだ。
「そうか……」
この気持ちが何なのか、まだハッキリとはわからない。
それでもわかったことはある。
曖昧の中にも、確かに言えることがある。

この気持ちは――恋じゃない。

恋ではなくとも、俺は彼女を大切に思っている。
フレメアのためなら死んでも良い。そう思うのと同じくらい、彼女のために死んでも良いと……思っている。

◇◇◇

眠っている間は真っ暗で何も聞こえない。

あたしが眠っている時、太陽が燦燦と照らす大地に立っているのは、もう一人のあたしだ。

それは自分だけど自分じゃない存在。記憶を共有していない。

あたしは彼女を知っているけど、彼女はあたしを知らないだろう。

知る必要もないと思う。だってあたしは、彼女の弱さの象徴だから。自分を守るため、嫌なことから目を背けるために生み出した偽りの自分。

今日もあたしは、月夜に目覚める時を待っている。

「――もう目覚めても良い頃じゃないかな？」

最近、眠っている間に声が聞こえてくる。

その声はあたしに似ていて、決まって同じセリフから語り掛けてくる。

目覚めるって何？

夜になったらあたしは目を覚ます。

もう夜になったの？

「違うよ」

じゃあ何から目覚めるの？

「暗くて狭い場所から。いつまでも一人で引き籠っていないで、日の当たる場所に」

暗いのは眠っているからだろ？

それに日の当たる場所って、あたしの領分は夜だ。

夜に世界を照らすのは月の光で、太陽は見たこともないし。

「それは貴女が見ようとしていないから。逃げているばかりじゃ何も始まらない」

そういうのはあたしじゃなくてリールに言ってくれ。

「……そう。まだ足りないのね」

足りない？

さっきから何の話をしてるんだ。

あたしにはまったくわからないぞ。

「――もう時間だよ。交代だ」

その言葉を最後に、暗闇に光が照らされる。

いつも感じている目覚めの瞬間だ。

光のさす方へ手を伸ばせば、誰かが手を握ってくれる。

きっとリールの手だと思う。

あたしはその手に引っ張られて、現実に目覚める。

「……ぅ、九時か。いつもより早いな」

身体が少しだるい。

この分だと、リールはかなり頑張っていたらしい。

あたしの目覚めが早かったのも、彼女がそれだけ疲れていたからだろう。

「うーん」

あたしは大きく背伸びをした。

身体のだるさはあるけど、ちょっと気になる程度だ。

普通ならこういう時はしっかり休む所でも、あたしたちはそうはいかない。

あたしが眠れば、今度はリールが目覚めてしまうから。

「一つの身体に二人って、何だかんだで不便なんだよなぁ」

そんな風にぼやいても今更どうにもならない。ずっと二人で生きてきた。

いつからかなんてわからない。

そもそもあたしたちは、自分がいつどこで生まれたのかも知らない。

覚えている一番古い記憶は、コケだらけの石の上で目覚めた時だ。

今となってはあの場所がどこなのかもわからない。

ただ目覚めて、壊れた神殿みたいな残骸を見て、怖くなってその場から逃げ出した。

「……嫌なこと思い出した」

あの声の所為だ。

毎日のように語り掛けてきて、意味の分からないセリフを残して消える。

何が言いたいんだと問いかけても、返ってくるのは答えじゃなくて独り言だ。

考えてもわからないから、あたしは普段通りに部屋をひっそりと出ていく。

その場所はあたしにとって一番お気に入りの場所。気持ちの良い風がふくのと、月が良く見える。

それに——

「リル」

待っていると、彼が来てくれる。

「お？　やっときたな」

ロランだけが、あたしのことを知っている。

リールじゃないあたしと話してくれる。

彼と話す時間は心地よくて、安心して、幸福な気持ちになるんだ。

あたしはずっと、目覚めることが嫌だった。

どうせ目覚めたって厄介事で、関わりたくもない相手と話さないといけない。だけど最近は、早く目覚めたいと思うようになった。

それも全部、彼と出会ってからだ。

「あのさ、最近変な声が聞こえるんだ」

「声？」

「うん。あたしが寝てる時にだけ聞こえるんだけど」

あたしはロランに声のことを相談した。

余計な心配をかけたくないとも思いつつ、彼なら何か答えを出してくれるかもしれないと期待して。

「その声はリルに質問を投げかけてくるんだな？」

「そうなんだよ。そればっかりで聞き返しても返事してくれないしさ」

「……」

ロランは真剣な表情で考えている。

ただ考えている様子ではなくて、悩んでいるようにも見えた。

そして彼はゆっくりと口を開き、あたしに言う。

「それはもしかすると、リールの声なんじゃないか？」

「リールの？」

言われてハッと思うと同じくらい、それはないだろうとも思った。

「確かに声はあたしに似てるけどさ。質問の内容はあれだよ？　あたしよりリールに言えよってのばっかりなんだ」

「だからこそだよ。君たちは別人じゃないんだ。君はリルだけどリールでもある。彼女もリールだけど、同時に君でもある。彼女への問いかけは、君への問いかけだと思うな」

「ん、ん？　よくわかんない」

ロランの言っていることは抽象的過ぎて、何を伝えているのかさっぱりだった。

それでも彼は、あたしに何かを伝えようとしている気がする。

伝えようと……気付かせようと？

「あたしがリールだとして、あの質問にどう答えれば正解なんだよ」

「それはわからない。知っているのは君だけだ」

「あたしだけ……」

「そう。答えはきっと、君の心に眠っている」

ロランはそう言うと、優しく微笑んでポンとあたしの頭に手を置く。
温かくて大きな手に撫でられて、胸の奥から安らぎを感じる。
あたしの心……それって、どっちにあるのかな？

第七章　クラリカ王国

黒痣病。その起源は未だ不明のままで、原因とされる魔物は討伐された。

魔物討伐後、黒痣病の発症は減少傾向にある。しかしそれは一時的なものでしかなかった。

「次の方、前へどうぞ」

「はい。お、お願いします……全身が痛くて」

「もう大丈夫です」

ロランたちが帰還して十日が過ぎた今日、教会には長蛇の列が出来ていた。

ほぼ全員が同様の症状を訴えている。

黒い痣が全身の至る所に出来て、身体が燃えるように熱いと。痛みも伴い、中には歩くことすらままならない者もいる。

間違いなく黒痣病だ。黒痣病の脅威はまだ終わっていない。

「ど、どうぞ前へ」

「はい」

私の隣ではリールも頑張ってくれている。

人見知りは未だに直っていないけど、そんなことを言っていられない程の混雑だ。

並んでいる間に症状が悪化する人もいて、ロランとチェシャがその対応に追われている。

「リール、疲れは大丈夫？」

「は、はい。まだ平気です」

私が小声でリールに確認すると、彼女は頷きながらそう答えた。

大丈夫とは言ってくれるけど、表情を見れば疲れが出始めていることは明白だ。

かくいう私も、早朝から六時間弱ずっと祈りを捧げていて、体力的な限界が見え始めている。

それでも一向に減らない。

黒痣病の脅威は終わっていなかった。

いいや、終わってはいる。

少なくともこのユーレアスの街では、新たな発症者は確認されていない。

「身体の調子はどうですか？」

「すごく軽くなりました。ありがとうございます！」

「いいえ、帰りもお気をつけください」

「はい！　一日かけて来た甲斐がありましたよ！」

男性は軽い足取りで教会を去っていく。

この列に並んでいる人たちは、ユーレアスの街の住人ではない。

近くの街や、何日もかかる遠方から教会を訪ねて来た人たち。

黒痣病の症状に悩まされ、お医者さんでも治すことが出来なくて、聖女である私の噂を聞きつけてやってきたそうだ。

実を言うと数日前からも、少しずつ街の外からの訪問者を見かけていた。

それが今日になって一気に増えたというわけで、お陰で教会は大混雑している。

「次の方、前へどうぞ」

一先ず夕刻までの間に、今並んでいる方々の祈りを終わらせよう。

私たちは最後まで休みなく働いて、何とか全員の治療を終えることが出来た。

その夜――

「今日はお疲れさまでした。聖女様、リールとチェシャも」

「本当に疲れたわ」

「は、はい」

「これくらい平気っすよ！」

夕食を食べ終えた後で、ロランが紅茶を淹《い》れてくれた。

私たちは向かい合って席に座り、同じタイミングで大小様々なため息をもらす。

程度の差はあれど、全員が疲れているのは間違いない。

特にリールは、一日に数百人へ祈りを捧げたのは初めてだろうから。

「リール、身体の調子は悪くない？」

「大丈夫です。私が祈りを捧げた人数はお姉さまよりも少なかったので」

「それでも十分に多かったわ。今日は早めに休んだ方が良いわね」

「は、はい……」

返事をしたリールはそっとロランに視線を向ける。

視線に気付いたロランは紅茶のカップをカチャリと置き、改まって話し出す。

「その前に少しだけお話をしてもいいですか？」

「ええ」

彼が何を言おうとしているのか、私にはもうわかっている。

「では……正直に言って、あまり良い状況ではありませんね」

「そうね……黒痣病が、まさか街の外でこんなに広まっていたなんて」

「それも想像以上ですが、私が危惧しているのはその先です」

「先？」

ロランは真剣な表情を見せ頷く。そして続けて言う。

「黒痣病の感染者がこの街に集まっています。それは私たち、というよりこの街にとって良くありません。せっかく感染者が減っているのに、外から増え続ければいずれまた、この街の方々にも影響しかねない」

「それは……そうね。だからって断れないでしょ？」

「もちろんです。そんなことは出来ません。だからこそ良くない状況なのですよ」

ロランの言う通りこの街は今、良くない状況に陥っている。

ただ問題はそこだけじゃないことは、彼もわかっているだろう。

リールが申し訳なさそうに手を挙げる。

「あ、あの、黒痣病の元凶は倒された……はずですよね？　だったらいずれ治まるんじゃ」

「そう思いたいわね……でも……」

私はロランに視線を送る。

「残念ながら、まだ終わっていないかもしれません」

「え？」

「今日来てくださった方々の中には、馬車で三日はかかる遠方の街の方もいらっしゃいました。お話を伺ったのですが、どうもさらに遠い街でも感染した方がいるようです」

ロランは列の整備や悪化者の対応をしながら、感染状況についての聞き込みもしてくれていた。

その結果わかったことは大きく二つ。

元凶とされていた場所から遠く離れ、関わりのない場所でも感染が認められたこと。

討伐後も増え続けていること。

「あの魔物が原因なら、倒された時点から影響力が減り、病の力も弱まります。現にこの街ではそうでした。それが他で違うとなると、あれとは別に同等の個体がいる可能性もありますね」

「病をばらまく魔物が他にも……考えたくないわね」

「ええ、ですがその場合、いくら対処してもキリがありませんね」

議論は夜遅くまで続く。

とはいっても結論なんて出なくて、悶々としたまま私たちは次の日を迎える。

黒痣病の脅威は、未だ治まらない。

ユーレアスの住人から新規感染者は発生していないものの、外から訪れる人たちが後を絶たない。

作戦会議を行った翌日から変わらず、私たちは祈り続けた。

正直に言えば、かなりきつい日々を送っている。

この街にきて一番の踏ん張りどころかもしれない。

その忙しさははたから見ていてもハッキリとわかるらしく、街の人たちには無理をしていないかと心配されてしまったくらいだ。

多忙な私たちを見て、街の人たちは心配そうに声をかけてくれる。

「聖女様が倒れたら大変だ。こう言っちゃ何だが、外から来た人のために無理しなくても」

「ご心配ありがとうございます。でも大丈夫、私たちは元気ですから」

私は精一杯の笑顔で返した。

彼らが言いたいこともわかる。けれども、わざわざ遠くから私たちを頼ってきてくれた人たちだ。

無下に扱うことなんて出来ない。

何より、病気で苦しんでいる人が目の前にいるのに、黙ってみていることなんて私には出来なかった。

きっと、ロランやリールも同じ気持ちに違いない。

自分たちが多少無理をして、一人でも多くの人が救われるなら、それで構わないと思っていた。

だけど……。


十日後。

「……二人とも、あまり言いたくありませんが」

「ううん、わかっているわ」

夕食後に、ロランは私たちに何かを伝えかけて言い淀んだ。

私には何を言おうとしたのかわかる。

たぶん、私じゃなくてもだ。

彼の表情は、街の人たちが私たちに向ける時の表情と同じだから。

「限界……ね」

「ええ。これ以上は我々の身体が持ちません。特にお二人、フレメアとリールには無理をさせ過ぎました」

「そ、そんなことありません！　わ、私に体力がないからで」

「違うわリール。私たちだって人間なの。祈り続ければ身体と心は疲労するのよ」

私たち聖女の場合、肉体的な疲労よりも精神的な疲労のほうが大きい。

祈りを捧げている間、私たちは天の声に耳を傾ける。

それを私たちは神様の声だと考えているけど、実際はどうなのかわからない。

ただ、祈りの最中は凄まじいほどの集中力が必要で、一度の祈りだけでも心が削り取られたような感覚に襲われる。

小さい頃はそれが嫌で、祈りに対して後ろ向きに考えていた時もあったくらいだ。

「私は小さい頃からずっとだし、もう慣れてきてしまったわ。でもリール、貴女はまだ聖女の力を使うようになって短い。疲れるのは当然よ」

「は、はい……」

リールは申し訳なさそうにしょぼんと顔を伏せる。

少しずつ聖女としての自覚が強くなってきたから、申し訳なさを感じてしまうのだろう。

「二人の負担を考えても、今のペースで人が増え続けるのはよろしくありませんね」

「ロラン……他人事みたいに言うけど、貴方も疲れているでしょう？」

「……まぁそうですね」

「あれ？　意外と素直に認めるのね」

てっきり自分は大丈夫だとか言いだすと思っていたのに。

ロランは小さくため息をこぼす。

「今さら嘘をついても見抜かれるでしょう？」

「そうね。特に貴方の嘘なんて聞き飽きたわ」

ロランが嘘をつくとき、それは決まって私たちを心配させたくない場面だ。

心配しなくて良い。

自分は大丈夫だからと笑って言う。

その時の笑顔は特徴的で、普段と違うからよくわかる。

今だって、普段なら嘘をついていた時だ。

言わなかったのは素直になったからというのもあるけど、それだけ彼も疲れているということだと思う。

「みんな頑張り過ぎね」

「フレメアが一番頑張っているのですよ。もっとも頑張り過ぎて、街の人たちには一番心配されているようですが」

「そうなのよね……心配してくれるのは嬉しいけど、トラブルも増えているんでしょ？」

「ええ」

街の住人と外から来た人たちで言い争いが起きている。

内容は、外から来て私たちを困らせるな、というものらしい。

大変そうな私たちを見て、彼らなりに怒ってくれているようだ。

その気持ちは嬉しいけど、遥々《はるばる》この街を訪れてくれる人だって悪気はない。むしろ、どうしようもなくなって縋《すが》る思いで来てくれた。

街の人たちだって、そのことはわかっているはずだ。

「今の所、小さな口論だけに収まっている状況ですが、いずれもっと多くなるかもしれませんね」

「そうね……」

その前に何とかしたいと、私たちは話し合う。とはいっても、根本の原因がわからない以上、対処しようもない。

街を出て調べたくても、そんなことをしている余裕はないから。

せめてもっと大きな後ろ盾があれば……と、考えていた時だった。

「……ん」

「若様」

「どうしたの？　ロラン、チェシャ」

二人が突然、神妙な顔つきで教会の入り口のほうを見た。

「誰か来たようですね」

「それも複数人いるっすね」

こんな時間に来客？

街の人たち……ではなさそう。

私たちは警戒しながら表へ出ることにした。

ちょうど教会に入ったタイミングで、トントンと扉がノックされる。

ロランが問いかける。

「どちら様でしょう？」

「――夜分遅くに申し訳ありません」

「この声！」

聞き覚えのある声。私とロランにとっては、あまり良い印象がない。

「ロラン」

「……はい。どうぞ」

扉が開く。そして、私たちは再び向かい合う。

クラリカ王国……この国の第一王女と。


クラリカ王国。私たちが暮らすユーレアスの街を含む、大陸の東に位置する小国。その王都はユーレアスの街よりさらに東にある。

とても綺麗で、幻想的な街だという話を聞いたことがあった。ロランとも、いつか遊びに行ってみたいと話をしたと思う。

そんな他愛もない話より、もっと印象的だった出来事があった。

「王女……様?」

そう。彼女の来訪は、私たちにとって大きな転機だった。

変わりかけていた日常が、大きく決定的に変わってしまった出来事。

その始まりは、彼女がこの教会を訪れた時だ。

別に言い訳したり、他人事みたいに語るつもりはない。

あの出来事は私にこそ理由があって、なるべくしてなったのだから。

とは言え……。

「何の御用でしょう?」

彼女があまり、良い印象を残していないのも事実。ロランとチェシャが私の前に庇うような形で立ち、真剣な表情で王女様に問いかける。

「お久しぶりです。聖女フレメア、牧師ロラン。と、そちらの方は?」

「え、あ、えっと、リールです」

「リールさんとは初めましてですね。では改めて自己紹介を――」

「それは必要ありませんので、用件を教えて頂けませんか?」

王女様の声を、ロランの声が鋭い刃の様にスパッと斬り裂いた。

その表情は真剣を通り越して少し怖くもある。

怒っているというわけではなく、警戒しているのだと思う。

以前のこともあるから、また私に何か良くない知らせを持ってきたのではないかと。

そう考えているに違いない。かくいう私も、今度は何を言われるのだろうと少し不安だった。

いや、それ以上に……王女様の表情が暗く、追い詰められているように見えたんだ。

「そうですね。世間話をしに来たわけではありません。今日は聖女フレメアに、お願いしたいことがあってまいりました」

「私にですか?」

「はい」

身構える。さすがに、あの日のことを思い出す。けれど……。

「一度は出て行けと冷たいことを言った身として、こんなことをお願いできる立場にないことはわかっています。それでも……どうか、私の大切な人たちのために、お力を貸してはいただけないでしょうか？」

王女様の瞳が、涙で潤んでいるように見えた。

◇◇◇

黒痣病。その名前は最近よく耳にする。

出来ればもう聞きたくない話だけど、聞かずにはいられない。そして今も、またその名前が出される。

「実は王都でも、黒痣病の被害が広がっています。日に日に……罹《かか》ってしまった方が増え、お亡くなりになられる方も……」

「そんな……」

街の外でも流行っていることは知っていた。

それでも、この街の周辺に限った話だとばかり思っていたのに。

王女様の話によれば、すでに王都に暮らす人々の三割は感染してしまったそうだ。

この病の怖い所は、罹る人の年齢や性別、元々の身体の弱さに関係なく進行し、最終的に弱って死に至るという点。放っておけば確実に命を落とす。

　致死率でいえば百パーセントの病だということ。

「王宮で薬の開発はしていますが、一向に効果のある物は出来ておりません。その折に、お二人の話を耳にしたのです」

　王女様は私を見て、続けてリールを見る。

　二人の聖女が黒痣病の人を診てくれている。

　その噂はなんと、王都まで広まっていたらしい。

「道理で……訪れる方々の人数が減らないわけだ」

「どんどん外から人が来てたんすね」

　納得したロランが、改めて王女様に尋ねる。

「王女様。先ほどのお願いと言うのは、聖女様に王都へ赴いてほしいということですか？」

「……はい」

　王女様は小さくもハッキリと返事をした。

　王都で増え続ける黒痣病の患者さんは、もはや留まるところを知らない。

　このまま放置すれば、どうなるかは目に見えている。

　だから王女様は、すがる思いでこの地に足を運んだんだ。

　前回とは異なり、護衛もロクにつけずに。

「どうしますか？　聖女様」

「もちろんお受けします」

「そうおっしゃると思いましたよ」

呆れるロラン。でも何だか嬉しそうだ。

対照的に王女様は、目を真ん丸にして驚いている。

「よろしいのですか？　そんな簡単にお引き受けして」

「はい。あ、ですがその前にこの街の人たちにも相談して、街での感染が落ち着いてからになると思います」

「ですね。さすがに王都は規模が違うでしょうし、聖女様一人でも、リール一人でも大変でしょう。今回は行くなら、二人で行くべきです。リールはそれでも？」

「は、はい。私は皆さんにお任せします」

聖女が二人で街を出るわけだから、一時的に聖女不在になってしまう。とは言えきっと、街の人たちは責めたりしない。

みんな優しくて、とても温かい人たちばかりだから。

「日程は追って連絡します。おそらく出発は最短で五日後……くらいですかね」

「あ、あの、本当によろしいのですか？」

「聖女様が決めたことです。それに、お願いをしてきたのはそちらでは？」

「で、ですが私たちは以前、皆さんに酷いことを……」

そう言って顔を伏せる。

ああ、やっぱりそうだ。王女様は私たちに追放を言いつけた時も、同じように悲しそうな顔をしていた。

本心じゃない。それが今、よくわかる。

「私は聖女です。困っている人が、苦しんでいる人がいれば、手を差し伸べたくなるんです。それがたとえ、誰であっても」

王女様でも。罪なき人ならば尚更。だから、私たちの答えは変わらない。

「皆さんにお伝えください。必ず、元気にしてみせますから」

「……はい。ありがとうございます」

王女様は涙を流す。

その涙に誓って、私たちはやるべきことを成し遂げよう。

第八章　優しい嘘

王女様のお願いを引き受けることにした私たちは、すぐに住民の皆さんに事情を説明して回った。

みんな親切で、夜分遅くの訪問にも文句ひとつ言わずに聞いてくれた。

それから……。

「わかりました。無理をなさらないでくださいね」

「聖女様頑張ってー！」

「ありがとうございます」

誰一人、苦言を呈する者はいなかった。

彼らの王族に対する期待は高くない。

以前の魔王の一件もあって、不信感を抱く者も少なくなかった。

それなのにあっさりと、拍子抜けするくらい簡単に了承してくれた。

私たちの力が必要なら行くべきだと。

前向きな意見をくれる人たちもいたくらいだ。

「皆さん良い人たちですね」

「うん」

本当にそう思う。

私とロランを受け入れてくれた人たちは、心の奥底から優しさが溢れているんだ。

その優しさに触れたお陰で、私たちも幸せを感じられる。

何度離れても、必ず戻ってきたいと思える。

出発は一通り街の中での感染が治まったタイミングだ。

そうして最後の一軒まで説明し終えて、帰る頃には日付が変わっていた。

◇◇◇

月が輝く夜。ほとんどの人が寝静まり、冷たい風が吹き抜ける時間。代わりに目覚める人もいる。

「——というわけだから。準備が整い次第王都へ向かうよ」

「なるほどな〜。それで今日はやけに寝るのが遅くなったのか」

「ああ、すまないな」

「別にあたしは良いよ。ロランこそ疲れてないのか？」

大丈夫だと首を振る。

本当は少し疲れているけど、彼女たちの前で情けない姿は見せたくなかった。

何より余計な心配をかけたくなかったんだ。

「これからもっと忙しくなる。場合によってはリル、君もリールと同じことをしないといけなくなる」

「わかってるって！　今のあたしなら大丈夫だし。ロランも頼ってくれていいからな？」

「ああ、頼りにはしてる。でも忘れちゃ駄目だぞ？　君はその時、リールとして振舞わないといけないんだ」

「あ……そうだった」

夜のリールが別人格であることをみんなは知らない。

あえて教えない様にしているのは、余計な混乱や気遣いをなくすためと、彼女自身を守る為でもあった。

特にフレメアは嘘が苦手だ。

知ってしまえばいろいろと気苦労をかける。

今はそれ以外にも大きな理由が出来てしまったけど、それは俺しか知らない事情だ。

「うーん、もう別に話しても良い気がするけどな～。あたしもリールと同じこと出来るようになったし。周りのみんなも良い人たちだから」

「良い人たちなのは同感だが、伝えるのは駄目だ」

「え、何でだよ？」

「約束してるからね」

俺は彼女には聞こえない小声で呟く。

誰も知らない。

俺と、彼女だけが知っているある約束。

未だ条件を満たしていない以上、ここから先へは進めない。

「なんて？」

「何でもないよ」

「ん？」

首を傾げるリル。全く世話が焼ける。

それから一週間後——

◇◇◇

クラリカ王国の王都レストアに私たちはやってきた。

規模はそれほど大きくはない。

私が以前に暮らしていた国の王都に比べれば、半分くらいの大きさだろう。

それでも負けないくらいの活気で賑わっている……という話だった。

そう、だったという過去形が正しい。

現在の王都は、賑やかだった影などほとんど感じられない。

感染症が蔓延し、めっきり静かになっていた。

商店街に構える店のほとんどは臨時休業。出歩く人も少なく、おそらく仕事以外で外を歩くことはなくなっているようだ。

住民同士の会話も少ないように見える。

王女様との約束の時間まで少しあったから、私たちはそんな王都を馬車で見回った。

「なんかウチらの住んでる街のほうが賑やかっすね」

「そうだな」

チェシャの言葉に悲しそうな顔で答えるロラン。

人通りが多そうな通りに出ても、見かける人はほとんどいない。

いても体調が悪そうにしている。

今すぐ駆け寄って治療をしてあげたい気持ちになった。

だけど……。

「駄目ですよ聖女様。今無暗《むやみ》に出て行けば、きっと混乱が起こります」

「わ、わかってるよ」

ロランの言う通りだ。

聖女である私たちが来たことを、街に住む人たちは知らない。

このタイミングで聖女の存在を知れば、きっとみんなは喜んでくれるだろう。そして我先にと集まって、混乱して、収拾がつかなくなる。

目に見えないだけで、王都で暮らす人々は多い。

希望は時として混乱を招き、行き過ぎれば争いに発展してしまう。

今、私たちの最善は、王城で待つ王女様たちと合流して具体的な行動方針を決めること。

混乱が起こらないような対策も必須だ。

「急ぎましょうか」

「うん」

私たちは王城へ向かった。


王城は国の象徴と呼ぶべき建物。だからこそ豪華で目立つように造られているし、そこで働く人たちも多い。曲がりなりにも私は、かつてお城で生活していた。

その光景を懐かしく思いつつ、新しく訪れた城の中を見回す。

「静かだね……」

「ええ」

そう言葉に漏れてしまうほど、感じてしまうほどに城は静寂に包まれていた。

王都があんな状態なのだから、もっと慌ただしくなっているのかと思っていたけど、実際はその逆。

「城で働く者たちも疲弊しきっております。お恥ずかしながら、通常の業務にすら支障が表れている状態なのです……」

先頭を歩く姫様の顔は見えなくても、きっと辛く悲し気な表情をしているに違いない。疲弊しきっているのは姫様も同じなんだ。

私たちは彼女に連れられ、王城でもっとも広く豪華な部屋へ案内された。大きく煌《きら》びやかな扉を開けると、玉座には王が座っていた。

「ただいま戻りました。お父様」

「おお、良く戻ってくれたアイリス。そちらの方々が話していた聖女殿か？」

「はい。聖女フレメア様、同じく聖女リール様です」

姫様が私たちを紹介する。国王陛下は髭を生やした優しそうな男性だった。

声は低くどっしりしていて、体格も良い。齢《よわい》五十を越えていると聞いていたけど、想像していたよりも若く見える。じっと陛下のお顔を観察していて、姫様の紹介が終わっていることに気付かない私に、ロランがそっと耳打ちする。

「聖女様、あいさつを」

「あ、うん」

背筋をピシッと伸ばした私は、改まって国王陛下と向き合う。昔に王城でもしたように、陛下に頭をさげ挨拶をする。

「お招きいただきありがとうございます。国王陛下、お会いできて光栄です」

「良い良い。そう畏《かしこ》まらないでくれ。むしろ私のほうが頭を下げるべきなのだ。王でありながら、この状況をどうすることもできないのだからね」

そう言って陛下は笑う。目の下はくっきりとわかりやすく黒ずんでいる。きっと眠る時間すらとれていない。

「ここに来てくれたということは、手を貸して頂けると思って良いのかな？」

「はい」

「そうか……すまない。本当にありがとう」

「いえ。私たちもこの国の一員です。それに私は聖女ですから」

困っている人が、苦しんでいる人がいたら放っておけない。

身分や立場は関係ない。そこにあるのは同じ命だから。

姫様のお願いを聞いて覚悟してきた私だけど、辛さを隠して強く微笑む陛下を見て、改めて頑張ろうと決意する。

◇◇◇

挨拶だけ済ませた私たちは、玉座の間を後にした。

陛下は陛下でやることが山積みの御様子。私たちは姫様に案内され、会議室へと足を運ぶ。

「申し訳ありません。本来ならお父様も同席して今後のことを話し合うところなのですが……」

「お気になさらないでください。国王陛下がお忙しいことはわかっていますから」

「ありがとうございます。こちらです」

案内された部屋に入り、それぞれの席へと座る。

私の左右にロランとリールが座り、ロランの隣にチェシャが腰かける。

姫様は私と対面になるように前へ座った。

「改めて、現在の状況について説明させていただきます」

「はい」

「お願いします」

姫様の話をまとめると、現在王都を中心に黒痣病が蔓延している。

治療法もわからないまま日に日に感染者が増え、王都にいる医者たちもお手上げの状態。魔法使いや薬剤師、古い文明に詳しい学者など。様々な人たちの手を借りて調べているが、未だに原因はおろか始まりすら明確になっていないという。

彼女の説明の後で、私たちも今日までに知った情報を提供した。

ロランが話の中心になって、黒痣病を振りまいていた魔物を討伐したことも。

「魔物が原因というわけですか？」

「私たちはそう考えていました。現に、あの魔物を討伐して以降、村や街での発症者は減っています。ただ完全になくなったわけではありませんし、他の地でも感染が広がっている所を見ると、同様の魔物がいる可能性が考えられますね」

「魔物……」

「心当たりはありませんか？　王都周辺で未知の魔物が確認されているとか」

ロランが姫様に尋ねる。

彼が対峙した魔物は、これまで見たことのない姿形をしていたという。加えてロランを苦戦させたほどの力を持っているらしい。考え込む姫様は数秒の間をあけて答える。

「申し訳ありません。そのような魔物の報告はきておりません」

「そうですか……」

「はい。ですがまだ発見できていないというだけで、どこかに潜んでいるかもしれません。兵士たちと情報を共有し王都周辺を探索させましょう。可能であればロラン様にもお力をお貸し頂ければ」

「もちろん協力させていただきます。チェシャも頼めるか？」

「了解であります！」

即答したロランと、それに答えるチェシャ。私にお人好しだという彼も、私から見たら同じくらいお人好しだ。困っている人を放っておけないんだから。

とても半分が悪魔なんて思えないよ。

「ありがとうございます。それで聖女のお二人には、街の人々の治療をお願いできるでしょうか？」

「はい。私もそのつもりで来ましたから。リールもそれで良い？」

「は、はい。お力になれるように頑張ります」

「心強いです。皆さんが来て下さったことに心から感謝いたします」

姫様は深々と頭を下げる。

そんな彼女に首を振りながら、私は言う。

「いいえ姫様。そのお言葉を頂くのは、この国の人たちみんなが笑顔になった時です」

「――そうですね」

◇◇◇

姫様の案内で、私とリールは王都にある古い教会に向かうことになった。

教会は王城の敷地内にある。百年以上前に建てられ、崇高な教主様が人々に教えを与えていたという歴史ある場所らしい。だけど今では使われておらず無人となっていた。

到着して、リールが見上げながらぼそりと口にする。

「大きい……」

「立派な建物ですね」

「ええ。手入れもしっかりされています。ここは我々王族にとっても特別な場所ですから」

「特別な場所？」

私が首を傾げると、姫様は教会の奥にある綺麗なガラス窓を見つめる。

様々な色合いのガラスが織りなすアート。描かれているのは二人の男女。座した人に手を差し伸べる神様のようだ。

「私たち王族は、子が生まれるとこの場所でお祈りを捧げるんです。元気な子になりますようにと」

「ああ、そういう」

聞いてみたらなんて綺麗な話なんだ。

我が子の成長を願った祈りは、主もお喜びになられるはずだ。それにしても美しい絵だ。神秘的で、じっと見ているだけで吸い込まれるような。

その感覚は私だけじゃなくて、リールにも伝わっているみたいだ。彼女もじっと見つめている。

「……」

「リール？」

「あ、はい。なんですか？」

「ううん。なんでもないわ。さっそく準備をしましょう」

「はい」

それから一時間後。私とリールが構える教会に、大勢の人々が押し寄せてきた。姫様のアナウンスから五分も経っていないのに。

「ち、治療が出来るって本当ですか！」

「うちの息子を診てください！　息子のほうが重症なんです」

「何言ってやがる！　こっちのほうが酷いんだぞ！」

「ふざけるんじゃないわよ！」

押し寄せた人々の表情は険しく、切羽詰まっているのがわかる。

余裕がない。誰もかれも、自分や身内のことしか頭にない。

それを悪いとは言わないし、言いたくないのだけど……。

「落ち着いてください皆さん！　ちゃんと順番に並んでください！」

「じゅ、順番にお願いします！」

引っ込み思案な彼女ですら、大声を出して集まった人たちを収めようとする。

姫様が派遣してくれた兵士さんたちも大変そうだ。私たちが困らないように必死で列を整えようとしてくれている。

次から次へと人が入ってきて、教会に溢れかえる。もう収拾はつかない。私たちが大きな声で呼びかけても聞こえていないだろう。

「私たちは祈りに専念しよう」

「は、はい！」

役目を果たすことを優先したほうが良さそうだ。

そう判断した私は割り切って、声掛けは騎士さんたちに任せて治療を始める。

「前へ座ってください」

「はい。お願いします」

最初の一人は、三歳くらいの子供を抱きかかえた女性だった。

子供の黒痣病はかなり進行してしまっている。呼吸も荒く、意識も朦朧《もうろう》としているようだ。

全身痛いはずなのに声すら上げない。

ただただ苦しそうな表情で短い呼吸を続けている。母親は涙目で尋ねてくる。

「大丈夫なんですか？　息子は助かるんですか？」

「はい。罪なき命を主は見捨てません」

両手を組み、祈りを捧げる。

どうか人々に安らぎと心の余裕を。ほんの少しの希望があれば、人は前向きになれるから。

光に包まれた子供の痣はみるみる薄れていく。

黒痣病は進行が見た目に現れるから、回復しているかどうかもわかりやすい。

痣が消えると子供の意識が戻り、うっとり顔で母親と目を合わせる。

「……ママ」

「あ、あぁ……」

嬉しさのあまり泣き出す母親に抱かれ、子供も涙を流す。

上手く言葉も出ていないいくらい喜んでいる。それだけ追い詰められ、心が摩耗していたということだ。

同じような人たちがまだ大勢いる。私たちの役目は、まだ始まったばかりだ。


一時間経過。

「次の方どうぞ」

「お願いします！」

着実に治療を終え、元気に帰っていく人たちの姿が見られる。

それでも教会に人が溢れている状況は変わっていない。

国の中心である王都で暮らす人々の多さに圧倒されながらも、私たちは祈りを続けた。

「ありがとうございます！　ありがとうございます」

「い、いいえ、そのお大事になさってください」

リールも頑張ってくれている。

懇願され、感謝され。また涙目で助けてほしいとお願いされてはそれに応える。作業のように繰り返す。


三時間経過。さらに時間は進み夕刻。

「聖女様方、そろそろ終了のお時間です」

「はい。ですがまだ……」

教会には大勢の人たちが残っていた。

始まりの勢いこそ治まったものの、苦しんでいる人たちは多い。

「教会の中にいる方々は今日中に治療しましょう」

「よろしいのですか？」

「はい。リールも良い？」

「だ、大丈夫です」

本当はできるだけたくさんの人たちを治療したい。

それでも身体は一つしかなくて、私たち二人も生きているから休息がいる。だからせめて、今この場にいる人たちは助けたいという気持ちで、私たちは夜遅くまで教会に残った。

お勤めが終わったのは夜の九時過ぎ。これがしばらく……事態が解決するまで続く。

そう思うとさすがに、不安と疲れがどっとくるもので。

途中で調査から戻ったロランともほとんど話せないまま、私たちは眠りについた。

◇◇◇

「ロラン殿、こちらは以上ありませんでした」

「ありがとうございます。では次は西へ行ってみましょう」

「了解しました」

フレメア、リール……二人とも、頑張ってくれているだろうか。

俺は微かに見える王都の外壁を見つめながら、次の場所へと踏み出す。

王都周辺の地形を探索しながら、魔物の生態を調査していく。

俺は西回り、チェシャには東回りをお願いしている。

今のところ目立った異常はない。あの時のような感覚もなく、魔物が凶暴化している様子もなかった。

安全……か。

出来ればわかりやすく異変が起きていてほしかったな。

平和で違和感がないということは、原因を摑めていないことに等しい。

黒痣病の始まりはわからないままだが、魔物が関与していることはこれまでの体験でわかっている。

王都での蔓延も、どこかに魔物が潜んでいるのだと予想していた俺だが、ここまで何もないと別の理由があるんじゃないかと考えてしまう。

もっとも、考えたところでわからないのだが。

「ふう……」

ため息に似た息が零《こぼ》れる。ゾロゾロと騎士たちを引き連れ先へ進む。

それから時間は過ぎ、西の空に夕日が沈み始める。

俺は騎士たちの様子を確認してから、全体に聞こえる声で指示する。

「今日はここまでにしませんか？　初日に無理をしても明日からの公務に支障がでます」

「そうですね……そうしましょう。撤収するぞ！」

俺の一言から足並みを揃えて王都へ帰還することとなった。ただ歩き回っただけで、俺はそこまで疲れていない。しかし騎士たちは別だ。今日までの疲労もあるだろうが、何の成果も得られていないことが大きい。

これだけ歩き回って成果なし。つまり明日からも変わらず王都での惨状は続く。

考えるだけでゲンナリしてしまうのも無理はない。

「チェシャのほうに期待するか。いや、今の時点でなんの連絡もないってことはそういうことか」

何か見つかればすぐ連絡をするようチェシャには言ってある。

俺の指示を無視したり、勝手な行動をしないのがチェシャだ。

連絡なしはそのまま、異常なしの意味だろう。

一度戻ってから夜に一人で探索してみるか？

フレメアには叱られそうだが……いや、今は無理か。

夜には彼女が目覚める。

そんなことを考えながら王都に帰還した。

戻った時には日も落ちて、すっかり夜の雰囲気になっていた街並みを抜け、王城へと足を運ぶ。

すると驚いたことに、二人の聖女たちは未だに教会で祈り続けていた。

俺は彼女たちを見つけて立ち止まり、ぼそりと呟く。

「どうして？　もうとっくに……」

しかしそんなことを問うまでもない。二人の、特にフレメアの性格を考えれば明らかだ。

困っている人たちが目の前にいて、放っておける彼女じゃない。

「まったく彼女らしいな」

そう呟いて、俺は二人の祈りが終わるのを待った。

終わったのは九時過ぎで、本来の予定より三時間以上後のことだった。

「お疲れさまでした。二人とも」

「ロラン、戻ってたんだね」

「はい」

「どうだったの？」

「……残念ながらめぼしい成果は得られませんでした。明日の朝から再度調査に行く予定です」

「そう……」

残念そうな彼女の表情を見せられ、申し訳なさが込み上げる。

その表情には疲れも混ざっていた。

「今日はお疲れでしょう？　早くお休みになられてください」

「ええ、ロランもね？　一人で夜に探索とか行っちゃ駄目よ？」

「わかっていますよ」

見抜かれているんだな。そのことを少し嬉しく思い、微笑む。

「リールも無理せず休むと良いよ」

「あた、私は平気です。でも明日からも頑張らなくちゃいけないので、早めにお休みします」

「……もしかして、いや、そうだね。そうしたほうが良い。私は報告だけ終わらせたら戻りますので、先にお休みになっていてください」

「そうするわ。ふぁ～あ」

可愛らしいあくびをしながら、フレメアが俺に背を向け教会を後にする。

彼女の視線がきれたことを見計らってから、リールが俺の近くでこそっと一言。

「また後で」

「やっぱりか。ああ」

◇◇◇

日付が変わる時間。月明かりに照らされる王城を抜け出して、俺は教会に足を運ぶ。

この時間になると誰もいない。兵士も皆疲弊しているから、王城内の警備も手薄だ。

これで大丈夫なのかと心配になってしまうが、今は丁度良い。

誰にも気付かれずに抜け出して、彼女と話す場を得られるのだから。

「おっ、やっときた」

「待たせて悪いな、リル。それともおはようって言ったほうがいいか？」

「今さら良いって。今日会うのは二回目だし」

「そうだな」

祈りを終えた二人と話した時、すでに彼女はリルになっていたようだ。

うっかり一人称を間違えかけた彼女を見てすぐ気付いた。

「どのタイミングで入れ替わったんだ？」

「それがさ～。あたしにもよくわかんないんだよね」

「わからない？」

「うん。気が付いたらあたしになってた。ビックリしたよ」

「それは……驚くだろうな」

二人は別々の人格として成立しているわけで、記憶も完全には共有していない。

リルからすれば、事情もわからず目の前に大勢の人たちが押し寄せてきたわけか。

「でもあたし頑張ったんだ！　なんでこんなことしてるかすぐにはわかんなかったけど、とりあえず目の前の人たちを癒そうって！　あ、ちゃんとリールのフリもしたからな？」

「そうか。よく頑張ったな」

「えっへへ～。今のあたしならリールの分まで働けるからね！　なんなら夜通しだって頑張れるよ」

「駄目だぞ無茶は。フレメアに叱られる」

「あははは、冗談だって。でもさ……」

リルは自分の右手を眺めながら、嬉しそうに言葉をこぼす。

「あたしもちゃんと役に立ててるって思うとなんか嬉しいんだ」

「それは良かった」

この時、ふと予感があった。

彼女から聞いていた真実、いずれ訪れる日が、近づいているような。

そして翌日――

早朝、俺は二人より少し早くに城を出発する予定だった。ここでは食事も用意されるし、俺が世話を焼く必要もない。

いや、そんなことしなくても責任感の強いフレメアは、自主的に早起きして教会に足を運ぶだろう。

そう信じて支度を済ませた俺は、出発前の挨拶をしようと彼女たちの部屋に向かった。

二人は別々だけど隣り合わせの部屋を借りている。

「先にフレメアに」

挨拶をしよう。

そう思ってノックする所だった。

「ロラン！」

隣の部屋の扉がバタンと開いて、寝間着姿の彼女が現れた。

彼女が出て来たことには驚いたが、もっと驚いたのは別のこと。

「リール？　いや、リルか？」

彼女がリルのままだったことだ。

朝になれば入れ替わる。夜がリルで、昼間はリールとしての人格が表になる。

そのはずだった。

「おかしいんだ！　あたし……リールが起きないんだよ！」

「――!?」

昨日の夜にあった予感。それがそのまま、現実になって表れた気がする。

慌て焦るリルは俺の両腕を摑んで揺する。

「なぁロラン！　どうしてリールが目覚めないんだ？　なんであたしのままなんだよ」

「落ち着けリル！　深呼吸するんだ」

「こんなの落ち着けるかよ！　リールの声が聞こえないんだ。ずっと……ずっと入れ替わる前には聞こえてたのに。あたしのことを呼んでくれてたのに……」

「リル……」

彼女は混乱していた。

それ以上に悲しさが勝《まさ》って、瞳からは涙がこぼれ落ちる。

「なぁ……ロラン教えてよ……なんで急に聞こえなくなったんだよ」

「それは……俺にもわからないよ」

嘘だ。心当たりはあった。

俺にはいずれ、こんな日が来ることがわかっていたんだ。

聞いていたから。彼女自身の口から、リルが知らない真実を。

でもおかしいんだ。聞いていた話通りなら、リルにも全て打ち明けているはずなんだ。

なのにどうして、彼女は困惑したまま涙を流している？

俺が知らないような、新しい事情があったのか？

「わからないんだ……ごめん」

だからこう答えるしかなかった。

彼女の口から伝えられるべきことを、俺から伝えるわけにもいかない。

これは彼女たちの問題なのだから尚更だ。

ただ……。

「どうしたの？　二人とも……」

ガチャリと扉が開いて、フレメアが顔を出す。

部屋の前で号泣したり騒いだりしていれば、さすがに気付かれるだろう。

扉の先で涙を流すリルと、そんな彼女を慰める俺の姿を見て、フレメアは困惑していた。

「リール……リール……」

「ロラン？　なんでリールが泣いて……それになんだか雰囲気が……」

「すみません。彼女が落ち着いたら話します。できれば他の方には聞かれたくありません」

「わ、わかったわ。じゃあ部屋へ入って」

「ありがとうございます」

もう隠すのも限界だろう。今のリールが、フレメアの知っている彼女でないことは伝わってしまったはずだ。

幸い、教会での祈りまでにはまだ時間がある。

俺のほうはギリギリだけど、この説明ばかりは省けない。

当事者の一人として、ちゃんと説明しよう。

それから、ちゃんと謝ろう。


「申し訳ありませんでした」

「待っ、悪いのはあたしだから。ロランのこと責めないでほしい……です」

説明を終える頃には落ち着きを取り戻したリルも一緒に頭を下げた。

まだ普段通りとはいかないけど、普通に話せるまでには回復してくれたことに安心する。と、安心してばかりもいられないのだが……。

「要するに、リールとリルは別々の性格？　人格とかで、そのことをロランは知ってたのね」

「はい。ずっと騙すようなことをしていました」

「そう……まぁでも、気付いてたから気にしないで」

「え？」

思わぬ返しに動揺した俺は、そのまま顔を上げてフレメアと目を合わせる。

彼女の目を見て、彼女が怒っていないことを悟った。

それと一緒に、思いやりも感じた。

「……そうでしたか」

「ええ。ロランのことは何でもお見通しよ。だから謝らなくて良いわ。黙っていたのにも理由があるんでしょ？」

「……はい」

「だったら尚更怒れないわ。リール、じゃなくてリルもよ」

フレメアは慈愛に満ちた瞳でリルに語り掛ける。

申し訳なさと心細さで小さくなっていた彼女の肩に優しく触れて。

「私が知っているリールも、今の貴女も私にとっては大切な後輩なんだからね？　今さら遠慮したりとか、かしこまったりはしないで」

「……良いの、か？　あたし、リールじゃないのに」

「どっちかなんて関係ないわ。だって貴女は貴女でしょう？」

「――っ、う、うん……」

「ふふっ、また泣いて。リルは泣き虫ね」

そう言ってフレメアはリルの頭を撫でてあげていた。

まるで子供をあやす母親のように。二人を見ながら微笑ましく思う。

「リル、今日も教会でお仕事があるわ。泣いたままじゃみんなが驚いちゃうから、ちゃんと顔を洗っておいてね」

「うん、じゃなくて、はい」

「言い直さなくていいのに。みんなの前では別だけど、私たちの前位では貴女らしくいて。私のことも好きに呼んでくれていいから。もちろんお姉さまでも良いわよ？」

「そ、それは恥ずかしいから。じゃ……じゃ……フレメア姉さんで」

照れながら答えるリルと、それを見て微笑むフレメア。

二人を眺めながら俺はちょっぴり後悔していた。

こんなに素敵な光景がみられるなら、もっと早くに伝えるべきだったのかもと。

もちろんそれは、約束がなければの話だけど。

◇◇◇

彼女の秘密を打ち明けた朝。フレメアはあっさり受け入れてくれて、俺も安心して二人を送り出すことが出来た。

リル本人も一先ずは落ち着いてくれたし、フレメアも一緒なら大丈夫だろう。

そう信じて、俺は昨日に続いて王都周辺を探索した。

しかし二日目も成果は得られず、日が落ちるより早く帰路につく。

夕刻に教会へ戻ると、二人がちょうど最後の一人に祈りを捧げているところだった。

「『主よ、どうか我らに癒しの光を』」

二人が同時に祈りを捧げると、黒痣病を患った人たちが癒され、苦しみから解放される。

聖女が二人いる。

それがどれほど心強いことなのか、こうしてみると明らかだ。

それにやっぱりこの二人はどこか……。

「似ている気がするんだよな」

聖女は皆、外見的特徴が一致する。

黄金の髪に青い瞳、胸に刻まれた聖なる紋章。それだけ同じなら他人だって似ているように見えるだろうか。

「あっ」

「ロラン！」

リルが先に気付いて、フレメアが俺の名前を呼ぶ。俺は二人に歩み寄り、疲れを労う一言を口にする。

「お疲れさまでした。今日はもう終わりですか？」

「ええ。今の方々で最後だったわ。昨日よりも皆さん落ち着いていてくれていて助かったの」

「そうですか。リルは？」

「あたしは大丈夫。ちょっと疲れてるけど」

そう言ってリルは目を逸らす。単に疲れているだけじゃなくて、色々と思う所があるのだろう。

突然、共に過ごしたもう一人がいなくなった。

厳密にはいなくなったわけじゃないのかもしれないけど、彼女にしかわからない感覚がある。

そこに関しては、俺たちじゃ分かち合えない。

「疲れたならゆっくり休むと良いよ」

「うん、そうする」

とぼとぼと歩く後ろ姿が小さく見える。

夜に眠る。俺たちにとっては当たり前でも、彼女にとっては……。

彼女の背中を見送っていると、ちょんちょんと袖を引っ張りフレメアが俺を呼ぶ。

「ロラン」

「はい」

「あとでちょっといいかしら？」

「……はい。私も話したいことがあるので」

食事を済ませ、入浴も終えて。

リルが眠ったことを確認してから、俺とフレメアはこっそり教会を訪れた。

「夜の教会ってなんだか不思議ね」

「そうですか？　特別変わったことはない気がしますけど」

「ロランはそうでしょうね〜。ここの所？　毎日リルと夜のお話をしていたみたいだし」

「っ、そ、それについては言い訳のしようもないです」

意地悪な笑顔を見せるフレメア。怒っているわけじゃなく、からかっているようだ。

「ふふっ、それも彼女のためだったんでしょ？　なんとなくわかるわ。私がロランの立場でも、同じようにしたと思うの」

「フレメアも？」

「ええ。なんでなのかわからないけど、放っておけないって思うの」

「フレメアは誰に対してもじゃないのかな？」

彼女の優しさは他人にも向けられる。けれど彼女は首を振る。

「そうじゃなくて、もっと近いというか、別の心配なの」

「別……」

「ロランにもわからない？」

「……わかる、ような気がするよ」

二人きりを意識していたら、自然と口調も崩れてきたことに自分で気付く。

「なんだか久しぶりだ。こうしてフレメアと二人だけで話すのも」

「そうね。最近は忙しかったし、暇もなかったもの。特にロランは」

「まぁそう……だね。正直、それに関してはもっと怒られることを覚悟してたんだけど」

「私を差し置いて二人きりでーって言うと思ったの？」

ニヤニヤしながら彼女は尋ねてきた。

恥ずかしくて言葉にはしなかったけど、正直そう思ったのも確かだ。

「ふふっ、焼きもちは焼くわよ？　でも……こんなこと彼女に失礼かもしれないんだけどね？　二人は一緒にいても良いって思ったの。ううん、そうじゃないわね。一緒にいるべきだって」

「……一緒にいるべき？」

彼女は頷く。その感覚は、俺にはないものだった。

首を傾げる俺に彼女は続ける。

「根拠はないんだけどね。それが当たり前だって、なんとなく思ったの。そしたら別に良いかなって。でも隠し事はちょっと悲しかったわ」

「す、すみません」

「別に謝ってほしいわけじゃないの。ただ……まだ何かあるんでしょ？　それを私に教えるためにここに来たんじゃないの？」

「……はい」

本当にさすがだ。俺の考えることなんて、彼女にはなんでもお見通しみたいだ。

もっとも、彼女が俺の隠し事に気付いていたというのは、その場で出た嘘だったみたいだけど。リルが落ち込まないように、見透かしていたような態度をとったことに俺は気付いている。

そうやって彼女はわからないまま受け入れて、優しく包み込もうとするんだ。

「リルとリール、二人について一つだけ彼女も知らないことがあるんだ」

これ以上、彼女の優しさに甘えたくなくて、俺は自身が知る一つの真実を伝えた。

「それって……彼女は知ってるの？」

「いいえ、まだ言わないようにと。そういう約束をしてるから」

「約束って、でも彼女は今……」

「わからない。正直、聞いていた内容と違うから俺も戸惑っているんだ」

俺の話を聞いたフレメアは、予想通り頭を悩ませた。

無理もない。直接本人から聞いた俺ですら、よくわかっていないいんだから。

「……要するに、彼女自身が気付くしかないってことね?」

「だと思う。そうじゃなきゃ前には進めない……とも思うから」

「前……ね。いったいどこに向かうのかしら」

「それは俺にもわからないよ」

わからないけど、支えたいとは思った。

どうやらその感覚は、俺とフレメアの中で同じらしい。

第九章　真実へ

眠っている間に夢を見る。夢の内容は、大抵目覚めてすぐに忘れてしまう。そんな中一つだけ、覚えている夢があった。

その夢は何度も見ている。重ね重ね見続けたことで、記憶として残ったのかもしれない。

夢の中の登場人物は三人。あたしと、二人の男女。顔は見えないし、声も聞こえない。ただ、二人といるだけで心が温まって、幸せな気持ちになるんだ。

だけど、その夢の最後は決まって同じ。突然真っ暗になって、誰もいなくなってしまうんだ。

暗闇にあたし一人が取り残されてしまう。

とても怖くて悲しくて、寂しい夢。それだからあたしは、その夢があまり好きじゃない。

なのに何度も見てしまうのはどうしてなのかな？

今日も、同じ夢を見る。同じ最後を迎える。

「暗い……怖いよ」

「――それはね？　まだ貴女が目を閉じているからだよ」

「目を？　ちゃんと開けてるよ？」

「ううん、閉じてしまっているの。怖いから、目を背けている。ねぇ、もう……思い出しても良いと思わない？」
何を――と尋ねる前に、あたしの意識は現実に戻される。

◇◇◇

「……うぅ」

ゆっくりと瞼を開く。知ってはいるけど見慣れない天井が視界に飛び込んできて、あたしは身体を起こす。

右を向いて窓の外の青空を見て、左を向いて閉まった扉を確認する。ここは王城の一室で、あたしはロランたちと一緒に王都を訪れたんだ。

今さらな確認を頭の中でして、目を瞑《つむ》って思い返す。

「またあの夢……けど、今日は……」

少し違っていた。誰かがあたしに語りかけてきたのは、今日が初めてだったと思う。

どこか聞き覚えのある女の子の声だった。

「……リール？」

彼女の声に似ていたけど、やっぱり違う気がする。

リールはあたしの分身だ。聞き間違えるはずがない。

意識と記憶は共有していないけど、声は何度も聞こえていたし、何よりあたし自身なんだから。

昨日から彼女は目覚めない。外は驚くほどに眩しくて明るい。

本当ならとっくに交代している時間なんだ。

「リール……どうして……」

どうして起きてくれないの？

声が聞こえなくなったの？

不安が込み上げてくる。今まで当たり前のようにあったものが、急になくなってしまった。

心にぽっかりと穴が空いたみたいに違和感がある。

胸に手を当てても穴は塞がらない。

「リール」

トントントン――

扉をノックする音が聞こえて、振り向きながら胸に当てた手を離す。

「リル、もう起きてる？」

「フレメア姉さん？」

声の主がわかってから、あたしは扉の前に駆け寄って開ける。

そこにはフレメア姉さんが立っていて、あたしを見るなりニコリと微笑んでくれた。

「おはようリル」

「お、おはようございます。えっと、朝からどうした……ですか？」

「ふふっ、無理に畏まった言葉遣いなんてしないで。リルの話しやすい方でいいわ」

彼女は微笑みながら優しくそう言ってくれた。

「う、うん。じゃあえっと、なにかあったの？」

「ううん、特にこれといって用事はないわ。ただちゃんと眠れたか気になっただけ」

「そ、そうなんだ……」

「ええ」

ニコニコ明るい笑顔を向けるフレメア姉さん。

正直ちょっと気まずいのはあたしだけだろうか？

ロランとは何度も話したたし、慣れてきたから平気だけど、彼女と面と向かって話すのはこれが二回目だ。何を話せば良いのか。どんな顔をするのが良いのかわからなくて困る。

「あ、あの、ロランは？」

「彼ならもう出発したわ」

「え、もう？」

「昨日の遅れを取り戻すために早く出ます！　って言ってた。リルのことをよろしくともお願いされたわ」

ロランが……

朝に会えなかったのは残念だけど、ちゃんとあたしのことを心配してくれているんだ。

相変わらず優しい人だと思いながら、自然と緊張が緩む。

「さっ、私たちも仕度しましょう。今日も頑張らないといけないわ」

「は、はい！」

「また畏まって。やっぱり二人きりは緊張するの？」

「あ……うん。ごめんなさい。なんていうか、どう話して良いのかわからなくて……」

申し訳なくて俯く。

そんな私の頬を、フレメア姉さんは優しく両手で挟む。

「ふえ？」

「まずは笑顔を作りましょう」

「笑顔？」

「そう、笑顔よ。そんな辛そうな顔していたら、私もロランも心配する。教会に来てくれる人たちだってそうよ？　それにきっと……リールも」

「リール……」

彼女の手の温もりが頬に伝わり、身体に溶け込む。

触れているだけで安心してしまえるように心地よくて、どこか懐かしさも感じて。

自分でもわからないまま、勝手に瞳が潤んでしまう。

「リル、私たちは聖女だから、他人の前で簡単に泣いたりできないわ。泣いている人がいたら、笑顔でもう大丈夫だよって言ってあげるの。辛い時も、苦しい時も、寂しい時も……私たちは聖女と

して振舞わないといけないわ」

「そんなの……」

辛いだけじゃないか。彼女の言葉がそのままなら、聖女は誰よりも孤独で、寂しい人になる。

実際そうなのかもしれないけど。だとしたらあたしたちは……どうやって涙を拭えば良いの？

「どんな時も聖女らしくあることを頑張って。その代わり、私とロランが一緒の時は、めいっぱい甘えていいの。私たちはもう他人じゃない。同じ家に住む家族みたいなものでしょ？」

「家族……？」

「ええ。家族には甘えて良いの。聖女でも」

そう語りながら彼女は、頬に触れていた手を離し、今度はあたしの頭を撫でてくれた。

家族という言葉は温かくて、とても心地の良い響きだった。けれど少しだけ……寂しいとも感じたのはどうしてかな？


仕度を済ませたあたしは、フレメア姉さんと一緒に教会で祈りを始めた。

これを始めて三日目。初日ほどの忙しさはなくなり、教会を訪れる人たちにも落ち着きが見受けられるようになった。

ちゃんと病気が治るとわかって安心したからだと、フレメア姉さんは言っていた。

「ありがとうございます聖女様」

「どういたしまして。主のご加護があらんことを」

聖女らしく振舞うとか初めてで、隣にいるフレメア姉さんを見ながら真似をして何とかやり過ごす。

あたしには合わないと思いながらも、意外と苦に感じることはなくて、自分でも驚いていた。

リールが頑張って聖女らしく振舞ってくれていたのかな？

そのお陰であたしも苦に感じないのかもしれない。あたしが出来ないことはリールが出来て、リールが出来ないことをあたしがやる。

今日までそうやって役割分担していたけど、案外分ける必要もなかったのかな。

リールに出来ることはあたしも出来る。だとしたら、リールが目覚めなくなったのは……。

「ううん違う。そんなこと……」

あたしは首を振って言葉を漏らす。

そんな姿を見せてしまったから、目の前で祈りを待つ人は困惑していた。

「聖女様？」

「あ、ごめんなさい。なんでもありません」

あたしは慌てて表情を作り直す。今は聖女として振舞う時間だ。

考えるのは後にしなきゃと心に決めて祈りを始める。

悩んでいるのはあたしだけじゃない。

ここを訪れる人たちはみんな、病に苦しみ救いを求めているんだ。

聖女らしく振舞うことの大変さを改めて実感しながら、時間はゆっくり流れていく。

夕刻に近づくにつれ、教会は静かになっていく。この調子なら昨日に続いて今日も時間通りに終われそうだ。

そんなことを考えていると、教会の扉がガチャリと開く。

姿を見せたのはロランだった。

「ロ――」

彼を見つけた途端に、大きな声で名前を呼びたくなった。

途中まで出かかった言葉を引っ込めたのは、まだあたしは聖女だから。目の前にも苦しんでいる人がいる。

彼らを癒してから、自分のことは後回しにしよう。

それに……ロランを見たら不思議と元気が出たから、あと少しくらい頑張れそうだ。

一時間と少し経って、最後の一人が教会を後にする。

ようやく終わったと思ったら、途端に身体の力が抜けてだらんと姿勢が崩れた。

「お疲れ様です。二人とも」

そこへ離れて見守っていたロランがやってきた。彼はフレメア姉さんと話し始める。

「教会は少し落ち着きましたね」

「ええ。重症だった人たちはほとんど治療が終わったわ。それでみんなも安心してくれたみたい」

「それは良かった」

「ロランのほうはどうだったの？　今日も探索に行ったんでしょ？」

「はい。ですが相変わらず成果は得られていません」

淡々と状況を説明しながら、ロランは申し訳なさそうに何度も謝っていた。

フレメア姉さんはそんな彼を慰めていて、あたしは二人の会話の様子を隣で眺めている。

見ていて安心する二人。この光景をずっと眺めていたいと心の中で思った。すると、ロランがあたしの視線に気付いて振り返る。

「リル？」

「え、な、なに？」

「いや、朝は挨拶もできなくて悪かったね」

「ううん。ロランも忙しいんだよね？　あの時の魔物がいたらあたしも手伝うから！　それからえっと……」

話したいことはたくさんあって、でもどれから話せば良いのかわからなくて、一人でアタフタしてしまう。

近くにフレメア姉さんがいるから緊張しているんだ。

夜に会っていた頃は二人だけで、他に誰もいなかったから自然体でいられたけど。

「うぅーん、今日は私も疲れちゃったし、早く休ませてもらおうかな？」

「え？」

唐突にそんなことを言い出したフレメア姉さん。あたしはキョトンと首を傾げたけど、ロランは何かを悟ったようだ。

　彼はフレメア姉さんに合わせるように言う。

「なら後は私とリルでやっておきます」

「ええ、お願いするわ。リルもね」

　ニコリと微笑み、彼女は背を向けて歩き去る。あたしとロランは教会に二人で残された。そこでやっと気付いた。

「もしかして……あたしのために？」

「だろうね。自分が一緒だとリルが緊張して、話したいことを話せないって思ったんだろう。フレメアは人の気持ちに敏感だから」

　ロランは愛おしそうに閉じた扉を見つめている。

「そっか……気を遣わせちゃったんだね。なんか申し訳なくなってくるな」

「そう思うなら早く慣れることだね。フレメアだって、もっとリルと話したいって思ってるはずだから」

「……うん、頑張るよ」

　あたしだってフレメア姉さんともっと仲良くなりたい。ロランと話すみたいに出来たら嬉しいと思う。

　出来たら三人で仲良く話したり、遊んだり、昔みたいに……。

「昔……みたいに？」

なんであたし、そんな風に思ったんだろう？

昔みたいにって、まるで昔から二人と……一緒にいたみたいに。

「うっ……」

「リル？　どうした？」

「だ、大丈夫。ちょっと頭が痛くなっただけだから」

「大丈夫じゃないだろ？　やっぱり君も疲れているんだな。今日も早めに休むと良い」

「うん、そうする」

この時、頭痛と一緒に何か思い出せそうな気がした。いや、厳密にはそうじゃない。思い出せそうじゃなくて、何かを忘れている気がしたんだ。とても大切な何かを。

◇◇◇

ロランと教会で二人になってから、少しだけ話が出来た。頭痛を心配されてあまり長くは話せなかったけど十分だった。

お陰で気持ちも楽になって、代わりに疲れがどっと身体に押し寄せて。

ロランに付き添われて、自分の部屋の前まで移動した。

「ふぁーあ」

「大きな欠伸だな。ゆっくり休むんだぞ？」

「うん、おやすみ」

「おやすみなさい」

バタンと軽く音を立て扉が閉まる。

とぼとぼと歩いて、あたしはベッドに倒れ転がる。

「疲れ……た……」

朝から緊張し続けていた所為か、昨日よりも疲れを感じる。

まだ考えないといけないこと、不安は多いのに、身体は正直に反応する。

瞼を閉じたら自然と意識が薄れて……夢の中へ。

◇◇◇

また同じ夢を見ている。夢だとわかっても、自分の意志では動かない。

顔も声もわからない二人と一緒に、あたしは庭をかけまわっていた。

視界の隅に見えるのは家だろうか。

形は家というより教会に近いようにも思える。

何度も見ている夢だけど、こうやって注意深く周囲まで観察できたのは初めてだ。

楽しそうで、幸せそうな光景が続く。けれど必ず最後は真っ暗になって、一人ぼっちになるんだ。

「……ロランもフレメア姉さんも、優しいなぁ」

一人になると色々考えてしまう。

いつもは嫌な想像や反省が多かったけど、今は二人のことを思い返していた。

落ち込むあたしを気遣ってくれたり、優しく頭を撫でてくれたり。フレメア姉さんは家族だと言ってくれた。

嬉しかった。本当に嬉しくて……それと同じくらい、リールに会いたいと思うんだ。

あたしにとってリールは自分自身で、家族みたいな存在でもある。

リールが妹であたしがお姉さん。

臆病で引っ込み思案な妹を引っ張る姉、なんてことを想像した日もあった気がする。

「いつまで寝てるんだよ、まったく」

こんなに心配させるなんて困った妹だ。

そう思った時、声が聞こえた。微かに、何かを伝えてくる声が。

「なに？　誰？」

声は小さすぎて、言葉なのかどうかも聞き取れない。

ただ、リールの声に聞こえなくもない。

ロランやフレメア姉さんの声にも聞こえるし、知らない男性の声でもあって。

いろんな声が交じり合っていた。

「――っと――す」

「どこから話してるの？　リールなの？」

「お――たち、許さな――」

「許さない？　怒ってるの？　あたしが何か悪いことしたから？　だからリールは起きなくなったの？　ねぇ答えてよ！」

あたしは叫んだ。力いっぱい、声を振り絞った。

直後、私は夢から覚めて現実に戻される。

パチッと目を開けて体を起こすと、全身が熱くて汗がにじんでいた。

「はぁ……はぁ……今のって」

「――ぁ」

「え？」

声が聞こえる。夢の中に響いていた声が現実でも。

うっすらと消え入りそうではあるけど、確かに耳に届いていた。

「もしかして呼んでる？　リール？」

あたしはベッドから跳び起きて、勢いで部屋を出る。

自分でも何をしているのか意味がわからない。

ただ声が聞こえて、それがリールかもしれないと思ったら、いても立ってもいられなくなって。

気が付いたら廊下を駆け、外に出ていたんだ。

「どこ？　リール」

冷静じゃない。端から見たらそう思われるだろうし、実際その通りだった。

あたしは会いたいという感情に従って、声が聞こえる方へと向かう。

そうしてたどり着いたのは教会だった。

「——もっとだ。もっと」

近づいたことで声がハッキリと聞こえるようになった。

それは男性の声だ。その時点でもう、リールではないと気付いていた。

気付きながらあたしは突き進んだ。

もしかしたら、そう聞こえるだけでリールが一緒にいるかもしれない。

冷静に考えればあり得ないことなのに、あたしの頭はそれでいっぱいになっていた。

教会へ入る。声が聞こえるのは下からだった。

この教会に一階より下はないはずなのに。

声を辿り、手で探り、祭壇の床が一部不自然に隙間が空いていることに気付いた。

よく観察すると、床に取っ手がついている。

恐る恐る引っ張りあげたら、そこには地下へと続く階段があった。

「階段？　この先から声が……」

階段の奥から異様な気配を感じる。

冷たい風でも吹いたみたいに、身体がぞわっと寒気を感じる。

明らかに危険な香りがしながらも、あたしの足は動いていた。まるで引き寄せられるように、誘われるように。

明かりのない階段を下る。

転ばないように壁に手を当てゆっくりと一段ずつ下りる。

近づくほどに強烈になる寒気に襲われ、身体を震わせながら進む。

怖いとさえ思った。その恐怖のお陰で少しずつ冷静さを取り戻していく。

この先にリールはいない。何か危険な、とてつもない何かが待ち構えている予感がある。

それなのに……。

「行かなきゃ」

そう思ってしまう。身体は震えているのに、心の奥底が行くべきだと告げている。自分でも意味がわからない。何に駆り立てられているのだろう。

わからないまま突き進み、あたしは出会う。真っ暗な闇の中でもハッキリわかるほど黒く、炎のように揺らめく塊。この世の物とは思えないどす黒い恐怖に。

「こ、これ……」

「――お前は誰だ?」

「え……」

何度も聞こえていた声が目の前から聞こえた。

もう間違えることもない。声の主はこの黒い塊だ。

「どうしてここがわかった?　完全に同化していたはずだ」

「何を言って……うっ」

頭が痛い。

割れるように痛い。

あの時と同じ、何かを思い出そうとしている。

そうだ。あたしはこの声を知っている。

目の前の黒い塊が何者なのか知っているんだ。

忘れてしまっていただけで、あたしはこいつを止めるために――

「あ、あたしは……」

「まぁ良い。忌々《いまいま》しい人間め。ここで食らってくれよう」

黒い塊が形を変え、霧のように広がりあたしを呑み込もうとする。

背筋が凍る恐怖を感じて、あたしは目を逸らす。

「こ、来ないで！」

「『リル！』」

そこへ、黒を消し去るほど純白で、眩《まばゆ》い光が照らされる。

怯えるあたしの肩を、背中を支えるように――二人が立っていた。

目の前の恐怖が、すっと和らいでいくような気がして。

二人の顔を見た瞬間に、身体の力が抜ける。

「大丈夫か？　リル」

「怪我していない？　平気？」

「ロラン……フレメア姉さん」

へたり込むあたしを支えるように、フレメア姉さんが両肩を摑む。

あたしが無事なことを目で確認したロランは、あたしたち二人を守るように前へ立ち、悍《おぞ》ましい黒の恐怖を睨む。

駆けつけてくれたことは嬉しい。ただ、疑問はあった。

あたしは感じた疑問をそのまま口に出す。

「ど、どうして二人がここに？」

「声が聞こえたんだ」

ロランがそう答え、フレメア姉さんが続きを語る。

「夢の中でね？　リルが危ないって誰かが教えてくれたの。この場所も一緒に」

「声……それってあいつの声？」

あたしは視線をロランの先に向ける。

どす黒い塊は動かず、炎のように揺らぎながら揺蕩《たゆた》う。

襲ってくる様子もない。しかし治まったのではなく、むしろ逆に――

「許さん……許さん許さん許さん！」

「っ！」

怒っていた。激しく、強風が吹き荒れるように。

その圧倒的な威圧感に震えるあたしを、フレメア姉さんがそっと抱き寄せる。

「この声……まさか――」

「許さん、許さんぞベルゼビュート！」

その名は、ロランがもつもう一つの顔。先代魔王と人間の間に生まれた彼は、ベルゼビュート四世として成長した。

あたしは彼から話を聞いていて知っている。

他にも知っている人がいたって不思議はないはずだ。それなのにロランは酷く驚いているように見える。

「やはりそうなのか？　お前は……ルシファーなのか？」

「ルシ……ファー？」

ロランが口にした名前を、あたしは知っている。

そう感じる。

どこで聞いたのだろう。ロランから教えられた……わけじゃない。だけど知っている。

会ったことすらあるように思えて、記憶が頭の中でぐちゃぐちゃに混ざり合う。

わからないのにわかる。知っているはずなのに思い出せない。

一人で混乱するあたしを他所《よそ》に、ロランは続けて問いかける。

「本当にルシファーなのか？」

「あの日以来ですね。ベルゼ坊ちゃま」

「――！　その話し方、声……聞き間違いじゃないのか。どうして生きている？　なんだその姿は」

「わかりませんか？　力ですよ」

「力……だと？」

炎のように揺らめき、無形だった黒い塊は形を変えていく。

人型の恐ろしい悪魔の姿に。その姿と、あたしの中の知らない記憶が重なる。

「私はあの戦いで倒されました。しかし生きている。肉体を失い、力だけとなって揺蕩って、もう一度魔王の座に返り咲く準備をしていたのですよ」

「準備……！　まさか王都やこの国で広まっている病もお前が関係しているのか？」

「さすがお気付きになられましたか？　その通りですよ」

肉体を失い、力そのものとなった元魔王ルシファー。彼は力のままに世界を漂い、自身を倒したロランへの恨みを糧に進化した。

魔力は濁り、他者を呪い殺す力となった。

各地に自身の力を放ち、多くの命を殺《あや》め、殺した者たちの生命力を奪う。

そうして力を蓄え続け、やがて世界すら呑み込む存在となる。

どうしてだろう？

さっきまで知らなかったはずなのに、急に理解できてしまう。

あの男が何者で、何をしてきたのか。

これから何をするのかまで。

「あたしは……」

何者なのだろうか。

そんな疑問を自分に投げかけても、答えは返ってこない。でも、あと少し、ほんの少しのきっかけで思い出せる気がしていた。

「本当はもっと力を蓄えてからのつもりでしたが、丁度良い機会だ。今ここで、あの日の復讐を果たすとしましょう」

しかしルシファーは待ってくれない。

彼は再び身体を霧状に変化させ、あたしたちを襲う。

ロランが剣を生み出し構え、迫りくる黒い霧を攻撃するが……

「無駄ですよ。これはただ力そのものです。いかにその魔剣でも斬れはしない。加えて——」

「うっ、か、身体が……」

「フレメア!」

「ここはすでに私の領域です。忌々しい聖女の力も間に合わない!」

恐怖の力に包まれる。

濁流のように流れ込む力に、あたしたちは呑まれてしまう。

フレメア姉さんはあたしを守ろうと聖女の力を解放して、ロランも剣を振るい魔法を使う。

それでもすでに手遅れで、ルシファーの攻撃に押しつぶされそうになる。

「う、っつ……」

「くっそ……」

「ロラン！　フレメア姉さん！」

二人は逃げない。

あたしのことを庇ってくれている。

嫌だ——

心の中の誰かが叫ぶ。また、同じことを繰り返すのか。なんのために自分がここにいるのか。

忘れてしまっても、心が叫ぶんだ。

もう二度と、大切な人たちを失いたくないと。

「あたしが守るんだ！」

二人を、未来を。そのためにあたしは、この時代にやってきたんだ。

記憶の扉が開かれる。その時、もう一人のあたしが言った。


——やっと思い出せたんだね。


まばゆい光が漆黒を阻む。

光はさらに強まって、あたしと二人を包み込み。

純白の世界へといざなう。

殺風景で何もなくて、ただただ白く広がる空間にあたしと二人が立っている。

そして目の前には……。

「リール」

もう一人のあたしがいる。

容姿は同じ、声も同じ。あたしはリル、彼女はリール。別々の人格でも、元は同じ一人だった。

こうして向かい合って、忘れていたことが次々に思い出されていく。

なぜ忘れていたのかも。

「ロラン、ここは？」

「わからない。俺たちはさっきまで……」

ロランがあたしと、もう一人のあたしに気付く。

目を丸くして驚きながら、すぐに落ち着いた表情に戻って問いかける。

「君はリールか？」

「はい。お久しぶりです。フレメアお姉さまも」

「リール？　この声……夢の中で響いた声と同じ。あれも貴女だったの？」

「はい」

リールは頷き肯定する。

あたしがピンチだと二人に伝えたのはリールだったようだ。

今から考えればそれ以外ないのに、真実を忘れてしまっていたあたしは気付かなかった。なんて薄情なんだと……自分が嫌になる。いや、最初から酷いことばかりしてきた。あたしはずっと、嫌なことから目を背けて、それを全部リールに押し付けていたんだから。

「ごめん……リール。あたしはずっと忘れて」

「謝らないで。思い出せなかったのは仕方がないわ。それは私が誰より知っている。私は貴女の弱さなんだから」

「……それでも、逆だったなんて恥ずかしいよ」

臆病で人見知り。

内気な自分を守るために、強いあたしを生み出した。

そう思っていた。だけど事実は逆なんだ。

リールがあたしを生んだんじゃない。

あたしがリールを生み出して、あたしの弱さを押し付けていた。

勘違いを謝りたい。彼女にだけじゃなくて、二人にも。

「心配いらないわ。そのことはもう、私から伝えてあるの」

「え？」

あたしの考えに気付いたリールが、ロランを見ながら言う。

するとロランが頷く。

「リルとリールの関係なら聞いていたよ。俺からフレメアにもこの間伝えたばかりだ」

「そう……だったんだ」

あたしの知らない所でリールが気を利かせてくれたようだ。

まったく敵《かな》わない。

自分なのに、自分じゃないみたいに思える。

「え、じゃあもう知っているの？　あたしが二人の子供だって」

「「……え？」」

何気ない一言に、時間が止まったように二人が固まる。

リールから話を聞いているなら、あたしが思い出した真実も知っているのかと。

そう思っていたけど、どうやら……。

「「え、ええ!?」」

違ったみたいだ。二人の驚きようが物語っている。

初めて見せる激しい動揺の様子に、あたしは戸惑いリールは微笑む。

「あ、あれ？」

「どどどど、どういうこと？　え、え？　私とロランの子供？　私たちいつの間に子供なんて作ったの！」

「落ち着いてくれフレメア！　どう考えてもおかしいだろ」

「ふふっ、そういう反応になりますよね」

無邪気に笑うリール。あたしは彼女に確認する。

「伝えてなかったの？」

「ええ。だってあの時はまだ私も忘れてしまっていたから」

「リールも忘れてたんだ……」

「それほど心の奥底にしまい込んでいたの。思い出したのは私も最近」

「そっか……なぁリール、二人にはあたしから話して良い？」

思い出したばかりで、まだ記憶が少し曖昧な部分がある。

あたしは二人に語りながら、自分の中でも整理をしたいと思った。

記憶だけじゃなくて、気持ちの整理も含めて。リールは頷く。

「もちろん。私もそうすべきだと思うわ」

「ありがとう」

そうやってリールは譲ってくれた。

本当は彼女だって話したいと思っているのに。

「二人とも聞いてほしい。あたしが……あたしたちがどうしてここに来たのか。未来で何があったのか」

「リル……わかった。聞かせてくれ、君の話を」

「私も知りたいわ。貴女が私たちの子供……なら、尚更知りたい」

「うん」

真剣な眼差しを向ける二人に応えるように、あたしは語り出す。この時代よりさらに先の、あたしが知る未来のことを。

話の始まりは、今から十五年ほど先の未来。あたしたちはその時代に生きていた。

二人と一緒に。

幕間　リルとリール

青い空、緑豊かな自然に囲まれた白い教会。一月ほど前に建て直したばかり建物は、見ているだけで目がチカチカする。その庭で駆け回るあたしは、五歳になったばかりだった。

「リルちゃん、もうすぐお昼ご飯よ」

「はーい！」

お母さんが教会から出てきてあたしを呼んだ。

綺麗な金色の長い髪をなびかせながら、あたしに歩み寄る。

あたしもお母さんのほうに駆け寄って、思いっきり抱きついた。

「わっ、もうリルちゃんは元気ね」

「えっへへ〜。ねぇママ、パパは？」

「お昼ご飯を作って中で待っているわ。行きましょうか？」

「うん！」

お母さんに連れられ教会の中へ。入った途端に美味しそうな料理の香りが鼻をくすぐる。

台所にはお父さんが立っていて、テーブルに食器を並べていた。

「パパー！」

今度はお父さんに抱き着く。

「こらリル、危ないから急に抱き着いちゃだめだぞ？」

「ええー、パパは強いからへーきでしょ？」

「そういう問題じゃないよ。危ないことはしてはいけません」

「うぅ～。はーい」

お父さんは厳しいことを言いながらも、あたしの頭を撫でてくれる。なんだかんだ言って優しいから、ついついあたしも甘えてしまう。

お父さんの名前はロラン。お母さんの名前はフレメア。

そして、二人の間に生まれたのがあたしだ。


「いっただっきまーす！」

パンと手を合わせてからすぐ離して、あたしは料理を口に運ぶ。

お父さんが作った料理はなんでも美味しい。お肉もお野菜もお魚も、全部美味しく食べられて大好きだ。

「ねぇパパ！　あとで一緒に遊んで！」

「この後か？　ごめんな、今日は冒険者の仕事が入っているんだ」

「ええ～。じゃあママは？」

「私も午後からは教会を開けなきゃいけないの」

「ママもお仕事なの～」

二人とも忙しい日々を送っていた。お父さんは教会の牧師をしながら、冒険者のお仕事もしている。

お母さんは聖女様だ。教会を訪れる人たちを癒したり、相談に乗ってあげたりしていた。街のみんなも二人のことを頼りにしている。

特に聖女であるお母さんは、街の人だけじゃなくて外の人たちからも頼られている。

王国の偉いお姫様が訪ねてきたこともあったっけ。そんな二人の子供だから、あたしもしっかりしなきゃ……とか、当時は思ってもいなかった。

「また一人で遊ぶの～。つまんないよぉ」

子供らしく駄々を捏《こ》ねて、よく二人を困らせていた。するとお父さんが決まってこう提案する。

「だったらママのお手伝いをしたらどうだ？　リルもいずれ聖女様になるかもしれないんだから」

「そうね。私もリルちゃんが手伝ってくれると嬉しいわ」

そう言って微笑む二人。実はあたしにも、聖女の印が宿っている。

親から子供に力が遺伝するケースは稀で、偶然だろうと二人は話していた。

たとえ偶然でも、あたしは聖女の力を持っている。そのことを二人は誇らしく思ってくれていただろう。

ただ幼いあたしには理解できなくて、遊んでほしさに駄々を捏ねる。

「えぇ～。あたし聖女様になんてなりたくないよ～」

「今はそうでも、大きくなったら必要になるかもしれないぞ？」

「じゃあ大きくならない！」

「無茶を言うなリルは」

困った顔をするお父さんと、クスクス楽しそうに笑うお母さん。

二人のことが大好きで、一緒にいるだけで楽しい。

聖女だとかそんなこと、どっちでも良かった。

あたしは幸せな日々がずっと続けば良いとしか思っていなかったんだ。

それから五年後。

時間の経過は人を成長させる。子供だったあたしは身体も大きくなり、心も少しだけ大きくなった。

教会を訪ねてくる人たちの前で、お母さんと一緒に祈りを捧げる。

「ありがとうございます聖女様」

「いいえ、お大事になさってくださいね」

「はい。リルちゃんもありがとう」

「良いって！　おばちゃんが元気になってよかったよ！」

病気が治って元気になったおばちゃんが、嬉しそうに手を振って去っていく。

それを見送るあたしも手を振り返す。

あたしは十歳になった。駄々を捏ねて遊んでもらっていたあの頃とは違って、今は聖女としてお母さんのお手伝いもしている。

「今日もありがとうリルちゃん。リルちゃんがいてくれて助かったわ」

「えっへへ～。あたしも聖女だからね！　すぐにママみたいな立派な聖女になってみせるよ！」

「ふふっ、頼もしいわね」

五歳の頃は聖女になんて興味がなかった。だけど年月が経って、頑張っているお母さんを見て、自分もなりたいと思うようになっていた。

そしていつかお母さんが楽が出来るように。

もっと頑張って聖女らしくなるんだって、そう思っていた。

教会の扉が開く。

「ただいま」

「あ！　パパお帰り！」

「お帰りなさい」

お父さんは相変わらず冒険者のお仕事もしている。

最近は依頼も多いみたいで、あたしやお母さん以上に大変かもしれない。

帰宅したお父さんはあたしの頭を撫でながら、お母さんと話す。

「今日はもう終わりか？」

「ええ、そっちは？」

「とりあえず仕事は片付いたよ。だけど増えているみたいだね。例の黒い痣が出来る病気が」

「そう……教会に来る人も何人か発症していたわ」

当時、街では原因不明の病が広まっていた。

二人の話によれば、数年前からチラホラ見受けられた新しい病気らしい。

原因はわからず、治療法もない。

今のところは聖女の力以外では治らない。だから救いを求めた人たちが、毎日大勢押し寄せてきていた。

「早く原因がわかると良いわね」

「そうだね。そうなれば君の負担も減るんだけど」

「私なら大丈夫よ。貴方も無理はしないでね？」

「ああ」

この時はまだ、事の重大さに気付いていなかった。

今日までも街で病気が流行ったことはあったし、その都度忙しくはなったけど、しばらくしたら治まったんだ。だけど、今回ばかりは違ったらしい。

一か月、半年、一年経っても減らない。どころか日に日に病気の人たちは増え続けた。

教会を訪れる人数も増え続け、毎日が忙しい。

あたしとお母さんは朝から晩まで祈り続けた。

来る日も来る日も祈り。

何度も続けるうちに、あたしの聖女の力は強まっていった。

反対に、お母さんの力は衰え始めた。まるであたしに力を吸われていくように。

力の衰えに比例するように、身体にも疲労が溜まっていく。

連日祈り続け、身体も弱くなっていった。

そしてある日――

教会で祈りを捧げている最中。バタンと隣で音がして。

「ママ！」

お母さんが倒れてしまった。

聖女の力にも成長と衰退がある。そのことを知ったのは、あたしとお母さんの力が逆転する少し前だった。

日に日に強くなるあたしに反比例して、お母さんの力は弱くなった。

祈り癒す時間が延び、重い病気や深い傷が癒せなくなって。

ついには自分自身すら、耐えられなくなってしまった。

「ごめんなさい二人とも。心配かけちゃって」

「ママ……」

「謝ることじゃない。気付けなかった俺にも非はある」

教会を一時的に閉め、倒れたお母さんはベッドで横になる。

外に出ていたお父さんも急いで帰ってきてくれた。

顔色の悪いお母さんよりも、お父さんのほうが暗い表情をしている。

「本当にごめんなさい。でも明日には元気になっていると思うから」

「無理しちゃ駄目だよ！　明日はあたしがママの分まで祈るから安心して！」

「そうだぞフレメア。今は休んで、明日のことは明日になってからで良い」

「……わかったわ」

お母さんが納得していないことは、あたしもお父さんも気付いたと思う。だって、お母さんはずっと聖女だったから。

力の有無にかかわらず、その心は聖女そのもので。

多くの他人を救い、遠く離れた見知らぬ誰かの幸福を本心から願うことができる。

そんな人だからこそ、みんなが頼りにしてきた。

いや……縋ってきた。その結果、自分を追い込んでいると理解していながら。

聖女って……なんなんだ？

あたしがそう思い始めたのは、ちょうどこのころだった。

他人のために倒れるまで祈り続ける。

それが聖女の役目だと言うのなら、あたしは聖女なんていらないと思うんだ。

◇◇◇

お母さんが倒れてから数日。体調が安定してきたからと、また教会で祈りを始めた。だけど明らかに無理をしている。

力の衰えが加速して、もうほとんど奇跡とは呼べない。

訪れる人たちもさすがに察したのか、お母さんではなくあたしを頼るようになった。

薄情だとは……ちょっと思う。

それでもみんなが辛いこともわかるから、あたしも放っておけない。

黒痣病と名付けられた新しい病気は、日増しに増え続けている。

昨日も、今日も、黒い痣に覆われた人々が訪ねてきた。

「まだ原因がわからないんだって？」

「ああ……しかも近頃は魔物も凶暴化してるって話だ。この間も王国の騎士団がやられたらしい」

「その話なら聞いたわ。ここは優秀な冒険者さんがいるから安心だけど」

「それだっていつまでもつかわからないぞ？　もっと安全な場所に移住も考えないとな」

祈りを待っている人たちから、時折そんな会話が聞こえるようになった。

病気一つが理由ではなくて、他にも不安を煽るような知らせが増えていく。

いつになったら終わるのか。

みんなが思う以上に、あたしがそう思う。

誰かが笑顔になる度に、お母さんの笑みが薄れていくから。

あたしは祈った。どうか苦しい日々が終わりますように。

そしてまた、昔みたいに穏やかな生活を送れますように……と。

だけど、そうはならなかった。まったく減ることはなく、あたしたちの負担は増え続け、お母さんは何度も体調を崩してしまった。

それでもお母さんは聖女として振舞い続けた。

無理をしすぎたんだ。

あたしが十三歳になった日に、お母さんは倒れたまま……二度と目覚めなかった。

「ママ……ママ……」

「……」

あたしは子供みたいに泣いた。

お父さんは必死に堪えていたけど、溢れる涙を抑えられなかった。

なにが辛いかって、お母さんがいなくなっても、明日には教会を開けないといけないことだ。

困っている人たちは大勢いる。

お母さんも最期まで、みんなの未来を案じていた。

優しすぎる人なんだ。

あたしにはとても……真似できない。

「あたし……聖女になんてなりたくないよ」

「リル。ママの分も俺たちが頑張らないといけないんだ」

「なんで？　頑張り過ぎたから……ママはいなくなったんだよ！」

「……」

子供のあたしは自分のことで精一杯だった。

お父さんだって辛い。

あたしよりずっと前からお母さんと一緒にいて、誰より大切だったのだから。

それでも涙を拭い、前を向こうとしている。でもそれが、あたしには嫌だった。

認めたくなかった。

「聖女なんて馬鹿だよ！　みんなが元気になったって！　ママは戻ってこないんだ！」

「リル……」

その時だった。暗い闇が、いや炎が燃えさかった。

教会を一瞬で覆い隠し、あたしたちの前に姿を現したのは――

「ようやくこの時がきた！　久しぶりですねベルゼビュート！」

「お前は……ルシファー!?」

それはかつて、お父さんが倒した人類の敵。現代における最後の魔王ルシファー。

死んだはずの亡霊が力を得て復活してしまった。

強大な力を得た魔王はあたしたちを襲い、瞬く間に教会を破壊した。

「くっ」

「パパ！」

「ふはははははっ！　これが私の新たな力だ！　もはや衰えた貴方など恐れることもない！」

あたしの目から見ても、お父さんが劣勢だった。

お父さんは強い。

それはみんなが知っていることだ。しかし相手のほうが強くて恐ろしかった。

自身の敗北を悟ったのか、お父さんはあたしを連れて逃げる選択をとった。

「ど、どうするのパパ？」

「……勝算はある。ただ今は……この時代じゃ勝ち目はない」

「え？」

逃げながら聞いたお父さんの言葉を、あたしは理解できなかった。

勝てないと自分で言いながら、勝てる見込みがあるとも言っていて。

詳しい説明もないまま、お父さんはあたしにこう言った。

「すまないリル。君に全てをかけるしかない。もうそれしか道はないんだ」

「何を言ってるの？　パパ？」

「今から君を、俺の力で過去へ送る」

「過去!?」

お父さんの考えはこうだった。

力を取り戻し、強大になった魔王ルシファーを倒す術はない。だけど完全に復活する前の時代なら倒すことが出来る。

ルシファーの力に聖女の力は有効だ。

二人の聖女がいれば、病気の拡大も抑え込める。

「君が役目を終えるまで、俺がここで守り続ける。だから頼む……世界を、フレメアを」

「そんなの嫌だよ！　パパ！」

世界なんかよりお父さんのほうが大好きだった。

もうお父さんしかいないから。お父さんまで失いたくなくて、あたしは子供みたいに駄々を捏ねた。

そんなあたしを強引に抱き寄せ、言い聞かせる。

「君なら出来る。幸福な未来を摑むんだ」

それが最後の言葉だった。

あたしはお父さんの力によって過去へと誘《いざな》われる。

一人ぼっちで、知らない世界に。

寂しくて、切なくて、どうしようもなくなった心をなんとかしたくて。

そして……リールを生んだ。

第十章　幸福への分岐点

あたしは未来の出来事を語り終える。

語りながらあたしも、二人と過ごした日々を心に刻む。幸せだった日々が突然終わって、今日までの辛さや孤独。あたしがやるべきこと、あたしにしか出来ないことがあると自覚した。

「これが未来で起こったことなんだ。あたしは二人の子供で、未来を変えるためにここへ送られてきた」

「未来がそんなに酷いことになってるなんて」

「フレメアが……なんてことだ。守れなかった挙句に、自分の子供にまで責任を押し付けるなんて」

「それは違います！」

自分を責めるロランを否定したのは、あたしじゃなくてリールだった。

彼女は身体を震わせ、真剣な眼差しを向ける。

「貴方は最後まで私たちを守ろうとしてくれました。私たちをここへ送ったのも、幸せになってほしいからです」

「リール……」

「私は幸せでした。ほんの短い時間だったけど、一緒にいられて嬉しかった」

気付けば彼女の身体から、淡い光の粒子がぽわぽわと溢れ出ていた。

よく見ると身体が薄く透け始めている。存在感も徐々に弱まっているようだ。

「リール？」

「ああ……もう時間があまりないみたいです」

「なんで？　まさかリール」

「わかっていたことでしょう？　私は貴女が見たくなかった弱さ。でも今、記憶を取り戻して気付いたはず。もう私は必要なくなったんです」

リールが生まれた理由は、あたしが一人を拒んだから。真実を認めたくなくて、忘れたいと思ってしまったからだ。

過去を思い出し、やるべきことを自覚して、リールの役割は終わった。

終わったから消える。元々存在しなかったはずの人格だ。

当たり前のことで、彼女の言う通りにわかっていた。

「それでも……それでも嫌だよ！　リールがいなくなるなんて」

「違うでしょ？　私は貴女だから。一つに戻るだけ、消えるわけじゃないわ」

「リール……」

「まったくもう。私が貴女の弱さなのに、先に泣いてどうするの？　そんなんじゃ私……安心できないわ」

そう言いながら、彼女の瞳からも涙がこぼれる。

悲しいのは一緒だ。あたしとリールは同じだから。

「ねぇ笑って！　私たちは聖女なんだよ？　笑ってみんなを安心させないと駄目だって、ママに教わったでしょ？」

「う……うん」

「パパは私たちを信じてくれていたのよ？　だから最後まで頑張りなさい」

「わかってる……二人に見てもらわなきゃな！」

あたしがここにいることを。二人の子供が立派に成長して、世界だって救ってしまうことを。あたしは、私は――そのためにここへ来た。

◇◇◇

まばゆい光が弱まっていく。濁流のように激しい黒の霧が包み込む。

「光が消えた？　そうかそうか、最後の悪あがきを――」

「最後じゃないよ！」

声を吐き出し、まとわりつく黒い霧を弾き飛ばす。

太陽のように暖かい光を纏《まと》い、あたしたちはルシファーの前に舞い戻る。

「なっ、馬鹿な！　なぜ我が力を弾ける？　ここは我が領域、聖女の力など間に合わないはずだ」

「そんなの関係ない！　ここには聖女が二人いるんだからな！」

あたしと、もう一人。きっとこの瞬間こそ、未来のお父さんが望んだことなんだ。

二人がいて、あたしがいる。

相手は復活前の不完全な状態。今なら勝てる。

「覚悟しろルシファー！　未来の分までお前を倒す！」

「未来だと？　残念ですが貴方たちに未来などない！」

ルシファーは再びあたしたちを自身の力で取り込もうとする。

あたしは聖女の力を具現化、右手に集めて圧縮する。

形状は剣。聖女の力を一振りの剣に押し固め、迫る攻撃を斬り払う。

「なんだその剣は！　なぜ斬れる!?」

「聖女の力なら通じるって言っただろ！　これでお前ごと斬れば終わりだ！」

「ふざけるな！　そうなる前にお前を呑み込んでやろう！」

ルシファーが身体を大きく広げる。

力そのものである彼に形はない。

蛇が獲物を丸呑みするように、あたしを呑む勢いだ。

「そんなことさせると思うか？」

「なっ――」

「え？」

あたしは助けられた。

隣に立っていたのは、魔剣を手にしたお父さんだった。

「俺の前では誰も奪わせない！　子供を守るのは父親の役目だ。俺の父がそうしたように、俺もそうあろう！」

お父さんは魔剣を構える。

魔剣は光を帯びていた。

なるほどそうか、お母さんの聖女の力を纏い合わせているんだ。

チラッと後ろを見ると、お母さんが祈りを捧げている。

「だから俺も一緒に戦うよ。君は俺たちが守る」

「……うん！」

心強いなんて言葉で収まらない。

安心する。二人が一緒にいてくれるだけで勇気が湧いてくる。

「あいつを倒すぞ。遅れるなよリル」

「任せてよ！」

あたしとお父さんは剣を構える。

お父さんの魔剣をイメージしたから、あたしの剣も似た形になった。

魔剣らしく禍々《まがまが》しいオーラを放っているし、見た目はゴツゴツしていて、それが格好良いと思ってしまうのは、あたしがこの人の娘だからかな？

だとしたら嬉しい。こんなこと、今じゃなきゃ思えない。

「行くぞ！」

「うん！」

二人同時に駆け出す。対峙するルシファーも応戦する。

自身の身体を漆黒の刃に変化し、雨のように無数に降り注ぐ。

上からだけでなく左右からも。常人なら捌《さば》けない数と質量だけど、あたしたちには関係ない。

無数の剣を一振りの剣で叩き落としていく。

互いに互いを守りながら、隙をカバーし合うことで死角を塞ぐ。

「やるなリル！　良い動きだよ」

「へへっ！　未来で散々教わったからな！」

いつか自分の身を守れるように。戦う術は持っていたほうが良いと教えてくれたのは、今一緒に戦っている誰かさんだ。

いつもは優しいのに剣術の指導は厳しくて、正直何度も逃げ出したけど。

「やってて良かった」

そう思える。こうして、お父さんと一緒に戦えているから。

攻撃を捌きながら前へと進む。

決して楽な攻防じゃない。近づくにつれ攻撃の精度が増し、会話をする余裕もなくなっていく。

それでも着実に一歩ずつ前へ。

「くそっ、なぜ止まらんのだ！」

するとルシファーは明らかな苛立ちを見せていた。

本来の丁寧口調のしゃべり方すら崩れて、激しく荒い言葉を発する。

「死ね死ね死ね死ね！」

「随分と必死だな。お前らしくないぞルシファー」

「黙れ混ざりものが！」

お父さんの煽りに当てられ、攻撃が単調になる。

それでも勢いは増すばかりで、さすがに厳しくなってきた。

守るだけなら剣で斬る必要はない。

防御に徹すれば攻撃は凌《しの》げる。だけど、強大な力の塊であるルシファーを倒すためには、極限まで高めた聖女の力で消し去るしかないんだ。

そしてそれが出来るのは……あたしの剣だけ。お父さんの剣は、聖女の力を纏っているに過ぎない。

あたしがやらなきゃ。思えば思うほどに視野が狭まり、攻撃を防ぎ損なう。

「大丈夫だ」

そんなあたしを庇うように、お父さんが前に立つ。

頼れる背中が語る。

「俺が守る。だからリル、君は君に出来ることだけやれば良い」

そう言って動きを加速させる。

目に見えない速度で剣を振るい、あたしの分まで攻撃を弾く。

「ようやく慣れてきた。もう今は止まって見えるぞ」

「ベルゼビュート！」

激昂するルシファーの攻撃を難なく防ぎきる。

「凄い……」

自然に声が漏れてしまうほど、壮絶な攻防だった。

本当のお父さんは凄い。あたしが思っていた以上に、お父さんの全力は常軌を逸している。

未来で衰えたと言われていたことは本当だったのか。

これが今の、全盛期の姿。あたしを守って戦っている姿がそこにある。

格好良いよ。

親子じゃなかったら恋に落ちてしまっていたと思うほどに。

「忌々しい力め！　ならば先にあちらを消してしまえば――」

と、見惚《みと》れている場合じゃない。ルシファーは攻撃対象をあたしたちから後ろへ。

祈り続けるお母さんに向けてしまった。が、どうやら心配はいらないらしい。

「なめるなよ？　俺が彼女に向けられる危害を見過ごすとでも思ったのか？」

お父さんが瞬く間に攻撃を斬り裂く。

刃の一本すら届かず、お母さんには指一本触れさせないという強い意志が瞳から溢れている。

「くっ……この……」

「今だリル！」

「――――！」

お父さんの声が響く。

そうだ、今だ。今しかない。

お母さんを狙ったことで意識があたしから逸れた。

ルシファーは怒りに呑まれて、二人のことしか見えていない。

もっとも注意すべき刃を見失った今こそ、刃を届かせる最大のチャンスだ。

「うん！」

あたしは剣を握りしめ、大きく豪快に一歩を出す。

攻撃の雨は一時的に弱まっている。

ほとんどが二人に向けられているから、接近しながらあたしでも捌ける。

届くんだ。あと少し、ほんの数歩で。

しかし相手も強者。接近に気付いたルシファーが、瞬時に攻撃をあたしに集中させる。

「小娘が！　私に刃を向けるか！　人間風情が身の程を知れ！」

迫る無数の刃。お父さんとは距離が離れ、助けは間に合わない。

刃を届かせるにも少し足りない。

自分で防ぎ、躱《かわ》すしかない状況に陥る。

でも——大丈夫だ。

こんな時のために鍛えられた。

無数の刃も一瞬だけなら、あと少しで良いのなら斬り払える。

「なっ、馬鹿な！　人間の娘が私の攻撃を防ぐなど」

「これくらい出来て当然なんだよ！　あたしが一体誰に剣を教わったと思ってるんだ！」

お父さんの剣技を受け継いだ。

お母さんの聖女の力を受け継いだ。

二人の力があたしを強くする。二人がいてくれたから、ここまでたどり着くことが出来た。

忘れていても、離れていても、繋がっている。

家族だから。

「これで最後だ！　ルシファー！」

刃は届く。時を超え、思いを紡いで。

聖なる刃が悪しき魂を斬り裂き、断ち斬る。

聖女の剣に斬り裂かれたルシファーは、もだえ苦しみ始める。

力の塊である彼にとって、聖女の力を受けることは、全身が燃え上がるほどの痛みだろう。

「ぐお……あ、あ……」

「これで……終わった……のか？」

「あああ……うおあああああああああああああああああ」

突然、ルシファーが叫び出す。

倒されたかに思えた彼の身体は膨張し、さらに巨大化していく。

「な、なんで……」

今までが本気じゃなかった？

本当の力を隠していたの？

そうは見えなかったし、今も自分の意志で大きくなっているわけじゃないみたいだ。

「まさか……暴走？」

力の暴走だ。あたしの力を食らって、抗うように力が暴走しているんだ。

もしかすると今までは、ルシファーの意志で力を制御していたのかもしれない。

彼の意志が崩れてしまったから、無秩序に溢れ出ている。

おそらく一時的な範囲拡大だ。

溢れきったら消失するだろうけど、一時的でも脅威になる。

「このままじゃ王都が呑み込まれて」

そうなれば王都の人たちが全員病気になってしまう。

聖女のあたしやお母さんは平気でも、街の人たちは耐えられない。

「そんなことさせないわ！」

お母さんが声をあげ、あたしたちの元に駆け寄る。

「フレメア」

「ロラン、私たちで王都を守りましょう」

「ああ。だが方法はあるのか？」

「あるわ。私一人じゃ難しいけど、リルも一緒ならできるはずよ」

そう言ってお母さんはあたしに視線を向ける。

考えていることは、目を合わせた時にわかった。

あたしもそれしかないと思ったから。

「あたしたちの力を合わせて、大きな剣を作るんだよね？」

「ええ。ロランは私たちを支えてほしいの」

「もちろん。それが俺の役目だ。二人は俺が守る。だから存分にやってくれ」

心強く格好良い言葉を口にして、お父さんは拳を握る。

そのままお父さんはあたしに顔を向けて言う。

「やれるか？　リル」

「当然だよ！　あたしは二人の娘なんだから！」

なんだってやれる。そんな気がするんだ。

「よし。じゃあ行くぞ」

「ええ」

「うん！」

あたしとお母さんは両手を合わせる。

透明な剣を握るように、頭の中でイメージを固める。

聖なる力を循環させ、一振りの剣に。巨大すぎる剣を支えるのはお父さんの仕事だ。

あたしとお母さんの手を、大きな手で包み込むように支える。

生成されたのは教会から突き出る程大きく、神々しいまでに透き通った光の剣だった。

今でも溢れ続ける禍々しい力に向けて、あたしたちは剣を振り下ろす。

「ルシファー！　お前の復讐にみんなをこれ以上巻き込ませないぞ！」

「苦しんでいる人たちの笑顔のために！」

「未来のためにも！」

「ぐおああああああああああああああああああああああ」

激しく空気が震えるほどの怒声が響く。

王都に、世界に。

苦しみからの解放を告げる。

黒き力は白き力に斬り裂かれ、火花のように散っていく。

今度こそ、過去と未来を苦しめた悪は滅んだ。

「終わったんだね」

「ああ」

「うん……」

悍ましい力の気配も薄れていく。

身体の芯から軽くなって、安心感に包まれる。同じくらい、寂しさも込み上げてきて、力が抜ける。

それに呼応するように、あたしの身体は白く淡い光に変化していく。

お母さんが気付いて、心配そうな顔であたしの名前を呼ぶ。

「リル？」

「ごめん、もう時間みたいだ」

「え？　どういうこと？」

「……やっぱりそうなのか」

お父さんは気付いている様子だ。

さすがに未来とは言え自分のことだからわかるみたい。

「時間移動は俺でも簡単なことじゃないんだ。僅かに時間を止めるだけなら難しくない。だけど今回みたいに、特定の過去へ送り込むなんていくら魔力が多くても出来るものじゃない」

「それじゃどうやって送ったの？」

「おそらく制約付き。ルシファーを倒すまでの間は過去に残れる。ただし目的を達成した後は強制的に未来に戻される……とかか？」

「正解。さすがにわかるよね」

自分のことだもん。考えたのはお父さん自身だし、本人ならわかって当然だ。

「あたしの役目は終わったから、もう帰らないといけないみたい」

「そんな……せっかく話せるようになったのに」

「良いんだって。あたしはほら、本当はここにいるはずのない人間だからさ。元に戻るだけだよ」

そう、戻るだけだ。

あたしは自分の未来に、二人はこれまで通りの日常に。

ただそれだけのことなのに、どうしても……。

「だから、さ……泣かないでよ……」

「リルだって泣いているじゃない」

「だって……しょうがないよ。あたし……ママのこと大好きだったんだもん」

涙が溢れ出てくる。

止めたくても止められない。

ここにいるお母さんは、もう未来にはいない。

二度と会えない。それがわかっているから、悲しくなるのは当たり前だ。

「あたし……楽しかった。ママと会えて……本当に幸せだったんだ」

「私だってそうよ。親子だったなんて驚いたけど、最初から放っておけなくて、一緒にいたいって思ってたの。ロランもそうでしょ？」

「ああ」

「パパ……」

それを見るのは二度目だった。

お父さんの瞳から、涙が頬を伝い落ちる。

「俺もフレメアと一緒だよ。リルのことが気になって、放っておけなくて、愛おしいとは思った。最初は自分でも戸惑ったけどね。今ではハッキリわかるよ」

二人は歩み寄る。

消えゆくあたしを、そっと抱きしめる。

そして耳元で、こう囁いた。

「「愛してる」」

「やめてよ……そんな……」

そんな嬉しいこと言われたら、もっと涙が止まらなくなる。

二人の声が耳に残る。

二人の温もりに包まれて、頭のてっぺんからつま先まで幸福の波でいっぱいになっていく。

コップから水が溢れ出るように、幸せも零れてしまいそうだ。

「ママ……あたし、立派な聖女になったよ」

「ええ、見てたわ」

「パパみたいに剣も使えるようになったんだ」

「ああ、ともて誇らしかった」

時間は残り僅か。話したいことは山ほどあるけど、全部は語れない。

きっと二人も同じ気持ちのはずだ。

たくさん話したい、笑い合いたいと思ってくれている。

寂しいよ。

もっと二人と一緒にいたいよ。

叶《かな》わないと知りながら、そんな気持ちばかりが強くなる。

「大丈夫だリル、未来にも俺は残っているんだろ?」

「え?」

「きっと今頃まだ、しぶとくルシファーと戦っているさ。未来の俺も俺なら、きっと信じて待っている。君が成長して戻ってきてくれることを。今の君なら、未来のルシファーだって倒せるさ」

「そう……思う?」

「ああ。だって君は、俺たちの娘なんだろ?」

お父さんがニコリと微笑む。

当然だけど、未来のお父さんと重なって見えて……少しずつ希望が胸に生まれる。

「うん！　あたし頑張る！　未来でも頑張るから！」

「リルならきっとやり遂げられるわ」

「俺もそう信じてる。ルシファーを倒して未来を守って、その後は未来の俺にめいっぱい甘えれば良い。君が寂しくないように、幸せになれるように、必ず支えるから。未来の俺の代わりに、今の俺が誓うよ」

「ふっ、えへへ……なんかパパが言いそうだな」

未来でも過去でも、二人はやっぱりあたしのお父さんとお母さんなんだ。

そんな当たり前のことが嬉しくて、幸せだ。

ああ、もう十分にたくさんもらった。

寂しさも、悲しみも吹き飛ぶくらいの幸福を。

だから最後くらい堂々としていよう。

そうだ。こんな時こそ、お母さんから教えられたことを実践すればいいんだ。

心配させないように。

安心させるように。

未来への希望を込めた一言を。

「パパ、ママ！　またね！」

「ああ」

「また会いましょう」

精一杯の笑顔で、あたしは二人にお別れを告げた。

もう会うことはない。

あたしの未来と、二人の未来は違うから。

それでもいつかどこかで、別のあたしが二人の元に生まれたらいいな。

その時は……リールも一緒に。

エピローグ① 五人家族

小鳥が囀《さえず》る声と、緩やかな風が吹き抜ける優しい音が交じり合い、開けた窓から朝日が差し込む。

その眩しさに目が覚めて、私は目をつむったまま布団を右へよける。

こんなにも気持ちの良い朝は、少しでも長く寝ていたいと思う。

子供だろうと大人だろうと、この陽気に当てられたら誰だってそう思うはずだ。

抗いようのない心地よさの虜《とりこ》になってしまいそうになる。でも、そろそろ起きる時間だ。あまり起きるのが遅いと、ロランが起こしに来る。

「うぅ……ん」

だけど今は、その役割も別の誰かさんたちに変わったみたいだ。

トントントントン――

可愛らしい足音が近づいてくる。それも二つ並んで。

バタンと勢いよく扉を開けて、二人が部屋に入ってきたのがわかった。

私はあえて眠っているフリをする。気付いていないように見せれば、二人はニコニコしながらあることをしてくれるだろう。

私は目をつむったまま、二人の声に耳を澄ます。

「なぁ、ママ寝てるみたいだよ」

「そうだね」

「じゃあ起こさないとな」

「うん」

可愛らしい女の子の声が語り合い、クスクスと笑っている。その声に答えて反応を見たいという気持ちを堪えて、私は狸寝入りを続けた。

「せーのでいくぞ？」

「うん」

「「せーのっ！」」

「「朝だよママー！　起きてー！」」

二人は声を揃えて、私のベッドに飛び乗りながら叫ぶ。

耳元で叫ばれるとさすがに大きすぎて、ちょっとだけ耳がキーンとする。だけど不快な気持ちは一切湧いてこない。

だって可愛いから。

誰だってそう思うはずだ。自分の子供なんだから。

私はわざとらしく、今ので目を覚ました風に瞼を開け、跨《またが》る二人と目を合わせる。

二人とも楽しそうにニコニコしていて、朝から私も幸せな気持ちになる。

「おはよう。リル、リール」

「おはようママ！　また寝坊助《ねぼすけ》さんだ！」

「パパが朝ごはんを作ってくれてるよ」

「本当？　じゃあ早く着替えないとね」

そう言って私は二人の頭をよしよしと撫でてあげた。

長い髪を後ろで結んでいるのがリル。そのままサラッと流しているのがリール。まだ五歳だけど、二人を見ていると思い出す。

もう十年も前の……未来からやってきた娘と過ごした刹那の時間を。

◇◇◇

私を起こした後、二人は先に部屋を出て行った。親思いの二人は戻ってロランの手伝いをしてくれているだろう。

着替えを済ませた私は、急ぎ足で台所へ足を運んだ。

見慣れた廊下と部屋、台所で料理をする後ろ姿も、今まで何度見て来ただろうか。

たとえ千回見たって飽きない後ろ姿をじっと眺めていると、視線に気付いた彼が振り返る。

少しだけ大人びた彼は、ニコリと優しく微笑む。

「おはようフレメア」

「うん。おはよう、ロラン」

昔のロランは、私のことを聖女様と呼んでいた。二人きりの時は名前で呼ぶ努力をしていたけど、中々慣れないと愚痴をこぼしていたっけ？

それが今は、名前で呼び合うのも当たり前になった。

ただの聖女と騎士の関係から恋仲になって、十年という月日を経た今、私たちは夫婦になっている。

街のみんなに祝福されての結婚式は今でも印象に残っている。

それから五年後、二人の子供を授かった。今の私たちは四人家族だ。

「もうすぐ準備出来るから、三人とも座っていてくれ」

「ありがとうロラン」

「はーい！」

「うん」

おっといけない。もう一人、大切な家族がまだ来ていない。

きっと今頃は毎朝の日課で、街の様子を見に行ってくれているはずだ。

時計を確認して、そろそろ戻ってくる時間だと思ったら、ちょうど良いタイミングで彼女は姿を現した。

視線を下に向ける。

「あっ！　チェシャ姉ちゃんお帰りー！」

「お帰りなさい！　チェシャお姉ちゃん」

「ただいまでありますっ！　若様！　今日も街は平和でしたよ！」

「ありがとうチェシャ。今から朝食だ。一緒に食べよう」

「はいであります！」

猫又のチェシャ。彼女とは何気に十年以上の付き合いだ。

ロランの後を追ってこの教会にやってきて、それからいろんな体験を一緒にして、いつしか隣にいるのが当たり前になって。

血のつながりもないし、種族の違いもある。

彼女は十年経っても容姿は昔のままで、一人だけ時間が止まっているみたいだ。

そんなことは関係なく、彼女も大切な家族の一員だと思っている。私もロランも、もちろんリルとリールも。

二人にとっては良いお姉ちゃんだ。よく二人とも遊んでくれて、私もロランも助かっている。

テーブルが一つ、椅子は五つ。

初めてこの教会を訪れた時は、私とロランの二人だけだった。そこにチェシャが加わって、五年前にリルとリールも一緒になって。

五人で揃って手を合わせる。

「「「「いただきます！」」」」

食事前の挨拶の声も、あの頃よりずっと賑やかになった。

「ねぇパパー！　お昼から一緒に遊んでよ！」

「ごめんなリル。午後からは冒険者のお仕事に行かなきゃいけないいんだ」

「えぇ～　じゃああたしも一緒に行く！」

「それは駄目だって言っているだろ？　冒険者は危ないお仕事なんだ。リルはまだ子供なんだから、危ないことをしては駄目だ」

　ロランがリルに話をする様子を横目に見る。娘のことを心配する姿は、どこからどう見てもお父さんだ。

　当たり前のことだけど、こうして見ていると微笑ましい。

「じゃあ大きくなったら連れてってよ！　あたしもパパみたいに強くなりたい！」

「俺みたいに？　どうして？」

「あたしが強くなったら、リールのこと守れるでしょ！　パパがママを守ってるみたいに、あたしも聖女になったリールを守ってあげるんだ！」

　リルは元気いっぱいな声でそう宣言した。

　未来では聖女になっていたリル。だけど今のリルには、聖女の力は受け継がれていない。聖女の力を持って生まれたのは、リールだけだった。

　双子として生まれたからだろうか？

　理由はよくわからないけど、私たちが知っている未来とは異なり、妹のリールにだけ聖女の力が宿っている。

もっとも、だからと言って不都合は生じていないし、リルも落ち込んでいるわけじゃなかった。むしろさっきみたいに格好良いセリフを言うくらいだ。

「それなら良いでしょ？　リールもあたしが一緒なら安心できるしさ！　ね？　リール」

「うん。リルも一緒が良い」

「えへへっ、でもその代わりあたしが怪我したら治してよ？」

「うん！」

仲睦まじく語り合うリルとリール。ふと、ロランに視線を向けた私は彼と目が合った。きっと同じことを考えていたのだろう。

私も、二人が生まれるまでは思いもしなかった。まさかリルとしてじゃなくて、双子のリルとリールが生まれるなんて。

◇◇◇

十年経った今でも、私は聖女として教会で活動し続けている。

朝ご飯を食べ終わったら、教会へ出て迷える方々が訪れるのを待つ。

時には朝早く、扉が開く前から待ってくれている人もいる。中には遠い地からはるばる噂を聞きつけて訪れてくれたり。

今ではこの国の人間なら、私の名前を知らない者はいないとまで言われるようになっていた。きっかけは間違いなく、黒痣病と戦ったあの時だろう。

あの時はリルも一緒だった。だからこの国では、漆黒の病から人々を救った二人の聖女様……なんて呼ばれることもある。

今日もたくさんの人が訪れていた。

「聖女様がこの街にいてくれて本当に助かってるよー」

「ありがとうございます。そう言って頂けて嬉しいです。わざわざ遠くから来てくださってありがとうございました。帰り道もお気をつけ下さい」

「いえいえ。聖女様のお子さんも見られるし、楽しみがいっぱいだよ。二人とも聖女様によく似て可愛らしいねえ」

「ふふっ、ありがとうございます」

自分の子供を褒められると表情が緩んでしまうのは仕方がないこと。二人にも教会のお仕事を手伝ってもらうようになってから、二人に会いに来る人たちも多くなった。

どこか悪くなったとかじゃなくて、単に顔を見たいというだけで、長い距離を歩いてくる人だっている。

それだけリルとリールが魅力的なのだと思うと、誇らしくてついついにやけてしまうんだ。

「フレメア、仕事中」

「うっ、ご、ごめんなさい」

そしてにやけていると良く、耳元でロランに注意される。でもロランだって、二人を褒められたら表情がちょっと緩んでいるから。

にやけないように我慢しているみたいだ。それはそれで可愛いというか、面白くて笑ってしまいそうになる。

そんな風に穏やかに、ちょっぴり変化した日常を過ごしていく。

一日一日が当たり前に、健やかに過ぎる中、時折ふと思い出すんだ。

本来の……ううん、もう一つの未来のことを。

◇◇◇

教会でのお仕事も終わり、片付け、夕食、お風呂といつもの順番に済ませたら、子供の二人はすぐに眠気が来てしまったようだ。

まだ九時前だけど布団に入って、スヤスヤと眠っている。

私はまだ眠気が来ない。

窓から外が見えて、何気なく涼みに出ることにした。

外に出ると満天の星が輝き、月が夜の教会を優しく照らしている。程よい気温で吹き抜ける風が心地良い。

風でなびく髪を押えながら、私はぼそりと呟く。

「あの頃より髪も伸びたわね」

「――それはそうだろう。十年も経っているんだから」

吹き抜ける夜風よりも優しくて温かい。耳にするだけでホッとする声が。

「ロラン、どうして？」

「外に出ていくのが見えたから気になったんだ。散歩でも行くのかと思って」

「あーそれもいいかも。特に何かしたくて出てきたわけじゃないんだけどね」

「そうなのか？　だったら少しだけ歩こうか？　教会にはチェシャもいるし、二人とも眠ったばかりで起きないだろう」

「うん」

そのまま自然に、互いの手が触れて握られる。

一緒に歩くなら手を繋ぐのは当たり前。昔は恥ずかしくて手を繋ぐまでに何十分もかかっていた気がする。

私も大人になったということなのかな？

そんなことを考えながら、夜のお散歩に出る。夜とは言えまだ九時前、街のほうからは明かりが良く見える。

人通りもありそうだからと、私たちはあえて静かな道を選んで歩く。

「二人だけって久しぶり？」

「かもしれないな。二人が生まれてからはずっとかかりきりだったし」

「そうね。大変だったけど嫌じゃなかったわ」

「もちろん俺もだよ。双子って聞いた時は、心の底から驚いたけど」

ロランは当時を思い出しているのだろう。夜空を見上げる姿を横目に、私はクスリと笑う。

私もロランも驚いたのは同じだ。

生まれたのは双子で、しかも私たちが知っているリルとリールに性格がそっくりに育ったから。

まるで未来の彼女たちが時を越え、私たちの子供に宿ったみたいだ。

この言い方もおかしいかな？

だって未来の彼女も、私たちの子供であることに変わりはないんだから。

「ねぇロラン」

「なんだ？」

「あの子は……未来のリルは元気にしてるのかな？」

「心配ないさ。彼女ならきっと幸せに過ごしてくれているよ」

ロランはハッキリと言い切った。その表情からは自信が溢れている。

「どうしてそう言い切れるの？　あの子がいた未来は、ここみたいに穏やかじゃなかったでしょ？

たくさん苦しんで、私もいなくなった」

「そうだな。フレメアがいないのは悲しいことだし、辛いと思うよ。でもまだ俺が残ってる。俺はこうみえてしぶといからな。きっと彼女が戻るまで耐えてたはずだ。そして戻ってきた娘と一緒に、未来の巨悪を打ち払う。その後は二人で生きていくんだ。君の分まで、娘を愛しているよ」

彼が語る未来は想像でしかない。現代での役目を果たした後、リルは未来へと帰っていった。

ことは別の、私たちが知らない未来へ。

彼女が今どうしているのか。そもそも未来が変わっているのだから、世界そのものが分かれてしまったのか。

難しいことはわからないままだけど、彼女のことを心配する気持ちはずっと変わらない。

あの子も同じ、私たちの娘なのだから。

「俺たちの娘だからこそ、大丈夫だと言ってやらなきゃ」

「ロラン……」

「親は子を信じるものだよ。いつになっても、どれだけ離れていても」

「……そうね。そう思うわ」

信じてあげなきゃいけない。

私たちの娘ならきっと、自分も、世界も救って幸せを摑んでいると。二度とあうことのできないもう一人の娘が、今もどこかで笑っていることを。

「俺たちは俺たちで、いまここにいる娘たちを幸せにしてあげよう」

「そうね。それに私たちもよ」

「ああ。幸せになるなら、みんなで一緒になったほうが良い。俺たちは家族なんだからな」

「ええ」

私たちは家族になれた。長い時間をかけて、失敗もしたし、苦しい時もあった。インチキ聖女なんて呼ばれて国を追い出されたことも懐かしい。

今ではただの思い出として語れるようになったけど、当時は心細かった。

あの時も、ロランが一緒にいてくれてどれだけ救われたか。

そう……彼はずっと一緒にいてくれる。

きっとこれから先も、十年先、二十年先、おじいちゃんおばあちゃんになっても、隣には彼がいるはずだ。

そうだと信じられるほど、私は彼を知っている。

「帰ろうか。俺たちの家に」

「そうだね。二人が起きちゃってたら大変だわ」

今という幸せを嚙みしめながら、先に続く未来の幸福も想像して、心はポカポカ温かな陽気に包まれる。

聖女と騎士の物語は、これからも続いていく。

エピローグ②　もう一つの未来

これはもう一つの未来の話。世界は病という名の脅威にさらされ、多くの人々が命を落とした。か弱き者たちを守るために尽力した者たちも、力及ばず倒れていく。

聖女も一人、この世を去った。絶望に打ちひしがれる中で現れた災厄の化身。怨念と憎悪によって力を得たかつての魔王が再び降臨したことで、世界はより混沌へと誘われてしまう。

それでも尚、諦めない者たちがいた。

絶望に抗い続け、希望を待ち続ける者たち。その代表が今も戦っている。

「っ、はぁ……ふぅ……」

「しぶといですね。いい加減に諦めたらどうですか？　ベルゼビュート四世」

復活した魔王ルシファーと相対するロラン。彼は戦い続けていた。

娘であるリルを過去に送り出して以降、三日三晩に渡る激闘を繰り広げ、身体中がボロボロの泥だらけ。息も絶え絶えで、血も流れている。

痛みのお陰で意識も保てているようだが、それも限界に近い。

魔剣を構えることすらやっとな状態で、彼は剣を地面に突き刺し、もたれ掛かるように膝をつく。

それでもまだ、諦めてはいなかった。

満身創痍でも希望を失わない瞳に、ルシファーは苛立ちを見せる。

「気に入らないですね。なんですかその目は？　まるでまだ私に勝てるかのような目をしているなんて、正気とは思えませんね」

ルシファーはロランの全身を上から下に見回して、改めて彼がボロボロであることを指摘する。

「貴方はすでに死に体だ。もう立ち上がることすら難しいのでしょう？　それでどうして、私に勝てるというのです？」

「……はっ」

饒舌《じょうぜつ》に語るルシファー。対するロランは呆れたように笑う。

「勝てる……なんて思ってないよ。お前の言う通り限界ギリギリだ。自分でも立っているのか倒れているのか、わからなくなってきたくらいにはな」

「ならばなぜ笑う！　何か策でもあるのですか？　この状況をどうにかできる一発逆転の作戦が。あるのならぜひ教えていただきたいですね」

「作戦なんてない。ただ……俺は信じているんだ」

「信じている？　奇跡をですか？」

ルシファーは皮肉交じりに問いかける。

ここからの勝利など、奇跡でも起きない限りあり得ないと思っているから。実際その通りで、ロランの敗北は近い。だが、彼は変わらず笑う。

笑って地面から剣を抜き、立ち上がって切っ先をルシファーに向ける。

「奇跡なんて曖昧なものは信じてない。俺が信じているのは……俺の娘だよ」

「娘？　あの弱々しい聖女をですか？　は、ははははははは！　これは傑作だ！　笑わずにはいられませんねぇ！」

「お前にはわからないだろうな」

「ええ、わかりませんよ。あんな子供に期待するなど正気の沙汰とは思えない。逃がしたのは戦力にならないと判断したからではなかったのですか？」

ルシファーは知らない。ロランがリルを過去に送っていることを。

事実を語っていないから、ロランが遠くへ逃がし、彼女が逃げるだけの時間をこうして稼いでいるだけだと思っていた。

しかし事実は違う。ロランは賭けたのだ。娘を過去に送ることで、絶望の未来を回避することを。

そして――過去で成長したリルが再び現代に舞い戻り、希望の光となることを。

「耄碌《もうろく》しましたね、やはり貴方は混ざりものだ」

「違うさ。いつまでたっても、親が子供を信じるのは当たり前なんだよ。俺の父が、先代魔王が俺を信じて生かしたようにな」

「――戯言《たわごと》を」

「お前には一生わからない。自分のことしか考えていないお前には。誰かの親になったことのないお前には！」

「黙れ！」

煽られ激昂するルシファー。怒りに任せて腕を振るい、風圧でロランを吹き飛ばす。

限界に近いロランはこれを防げない。

豪快に後方へ吹き飛ばされ、無残に倒れ込む。

「ぐっ……」

「そんな理解など不要です。他者を信じる？　それは弱者の考えに過ぎない。真の強者はつねに孤高なのですから」

「こ、孤高じゃなくて……孤独っていうんだよ」

「まだ戯言を」

ロランは立ち上がる。傷口から、口から血を噴き出しながら。剣を杖のように突きさし支え、身体を強引に起こして。

「誰だって……一人じゃ生きていけないんだ。俺も……お前も、生まれてから必ずどこかで誰かの助けを受けてる。誰かを信じて頼ることは弱さじゃない。誰かに頼れない……お前の心こそが弱さだ」

「弱さ……だと？」

「俺は信じてる。希望は紡がれると」

「――っ、ならば信じたまま逝くが良い！」

あふれ出る憎悪と魔力が入り混じり、空気が振動する。

最大出力で放たれるルシファーの魔法。もはやロランに防ぐ術はなく、回避する余裕もなかった。

それでもまだ信じている。希望を胸に、彼女の帰還を待っていた。

その時――

まばゆい光が彼を包む。暖かく、それでいて力強い光が。

「な、なんだ!?」

光によって自らの攻撃を防がれたことに驚愕するルシファー。そんな彼とは対照的に、ロランは穏やかに笑う。

「ほらな……言った通りだろう？」

それはまさに、希望の光に他ならない。

彼はすぐに理解した。

暖かな光の正体に……その主に。

「希望はここにあるぞ」

「パパ！」

光の主が駆け寄り、ロランの隣に立つ。

時を超え、未来から過去へ。そして今、一筋の希望が未来へと帰還した。

聖女の光に包まれたロランの身体はみるみる回復していく。

傷が癒え、彼はゆっくりと立ち上がる。

「ただいま、パパ」

「ああ……おかえり、リル」

ロランにとっては数日、リルにとっては数か月ぶりの親子の再会を果たす。

話したいことはたくさんあるだろう。しかし、それを待ってくれるほど甘い状況でもなかった。

再会を喜んだのは数秒で、すぐに二人は敵を見据えて構える。

「ルシファー！」

「これが俺の希望だよ」

「……まさか本当に戻ってくるとは、素直に驚きましたよ。ですが――」

ルシファーは本気の殺気を放つ。あふれ出る魔力の大きさに、常人なら間違いなく震え上がるだろう。今の彼は間違いなく、この世で最も恐ろしい存在に他ならない。

だが、希望に満ちた二人の親子はまっすぐ前を見ている。決して恐れることはなく、敵として見定めていた。

「いけるかい？　リル」

「もちろんだよパパ。そのためにあたしは帰ってきたんだ！」

ロランはもとより、リルにも恐怖はなかった。

過去での思い出が、二人との記憶が彼女を勇気づけている。

自分は一人じゃない。父が隣にいて、母と同じ力があって、自分の中にはもう一人、大切な人がいる。思いを力に変えて、彼女は聖なる剣を握った。

「あたしが来たからには覚悟しろ！　お前の好きにはさせないからな！」

「ほざくな小娘が！　人間の子供に何が出来る！」

「それを今から見せてやる！」

直後、戦いが再開される。ルシファーが背後に無数の魔法陣を展開し、広範囲に攻撃を繰り出す。対するロランがリルの前へ。彼女を守るように剣を振るい、同質の魔法で攻撃を相殺していく。

彼は咄嗟に理解していた。

今のルシファーに有効な攻撃は、リルが生み出した聖女の剣であることを。と同時に自らの役割は、彼女を守りルシファーの元までたどり着かせることだと。

「俺に続け！　リル！」

「うん！」

二人は互いに自身の役割を見据え、ルシファーへと迫る。

攻撃の雨は激しく重い。それをものともせず、着実に前へと踏み出す。

徐々に近づく二人を前に焦りを見せるルシファー。彼には理解できなかった。圧倒的な力を手にした彼の前に、未だに倒れない敵がいることを。それに自身が恐怖を感じているという事実を。

「ありえない！　私こそが真の強者！　混ざりものと人間ごときに後れをとるなどあってはならない！」

「昔とおんなじようなセリフを言うんだな！」

「なんだと？」

「悪いけどあたしはもう知ってるんだ！　お前が最強なんかじゃないってことは！」

過去での激戦と、現在の戦闘が重なる。

親子の絆は深く確かで、声に出さなくとも通じ合い、互いに最適な動きをする。

隙を補い守り合い、絶え間なく流れる水のように。

「くっ、お前はなんだ！　なんなのだ！」

「あたしはリル！　パパとママの子供で、聖女だ！」

動揺が隙を生み、すかさずロランが大きく接近する。

ロランの剣はルシファーの両腕を斬る。

そこへリルが飛び出し、聖女の剣を悪しき身体に突き刺した。

「が、は……」

圧倒的な力を得たルシファーだったが、その力は濁り穢《けが》れていた。故に聖女の力で浄化できる。

彼はとっくの昔に死んでいた。ロランに倒された時点で肉体を失っていた。

肉体と魂ごとまとめて、あるべき形へと戻される。

「今度こそさようならだルシファー。あの世でちゃんと父上に謝るんだな」

最後のロランの言葉を聞いて、ルシファーは消滅した。

元凶が消えたことで、病の拡大は止まるだろう。

もっともすでに発症してしまった者たちには、聖女の力が不可欠だが。

「ありがとうリル。戻ってきてくれて」

「当たり前だよ。あたしはパパの娘なんだから」

「そうだな……リル、過去はどうだった？　楽しかったか？」

「うん！　すっごく楽しかった！」

彼女は笑顔で答える。

「若い頃のパパとママに会えたし、いっぱい話も出来たよ。パパは昔から優しかったし、ママもとっても綺麗だった。それにリールっていう、あたしなんだけどもう一人の、えっと妹みたいなのができてさ！　それからそれから……とにかく……」

ポツリ、ポツリ。

彼女の瞳からは涙が流れ落ちる。

「ホントに楽しかった。幸せな時間だった……」

「そうか」

母フレメアと、もう一人の人格であるリール。過去で出会えた二人にはもう会えない。

未来に帰還し、ルシファーを倒したことでより実感してしまった。

寂しくないと、辛くはないと言い聞かせても、涙は溢れ出る。

そんな彼女を優しく抱きしめて、安心させるようにロランは呟く。

「大丈夫だ。これからも俺は一緒にいる。リルが大人になって、誰かと結ばれて、子供が出来て……そんな幸せが見られるまで」

「ふっ、あははは……お別れの時のパパと同じこと言うんだね」

「当然だろ？　俺は俺だ。リルの父親なんだから」

「……うん」

寂しさも、後悔も、拭えない過去はある。

それでも幸せにはなれるのだと、二人は互いの熱を確かめながら思うだろう。

これはもう一つの未来。絶望に染まった世界で希望を紡ぎ、いろんなものを失った先で——

それでも幸せになれたお話だ。

あとがき

最後まで読んでくださった皆様、日之影ソラです。

一巻から引き続き、本作を手に取って頂いた方々にまずは感謝の言葉をお送りいたします。本当にありがとうございます。


さて、ついに発売されました第二巻ですが、いかがだったでしょうか？

一巻同様、フレメアの可愛さや、ロランの真っすぐさなど、キャラクターの個性や二人の淡い恋愛模様が伝わっていれば嬉しく思います。

二人の変化も見どころの一つなのですが、やはり第二巻一番の注目は新キャラクターのリルとリールですね。

登場当初から謎の多かった彼女ですが、その正体が実は……と、すでに最後まで読んでいただいた方は知っていると思いますが、念のために伏せておきましょう。

ともかく彼女に関しては謎が多く、二つの人格を一つの身体に宿しているという特徴があるので、両者の違いを出せるように工夫しました。

話し方、態度、考え方や趣味趣向。元が同一人物ではあるので似てはきますが、それぞれに違いがあり、接する側の反応を変えたりすることで違いを演出したり。こういったキャラクターは今まで書いたことがなかったので、楽しい反面大変に思う時もありました。

最後まで書ききることが出来て、今は心からホッとしております。

リルたちを中心に物語が進んでいった二巻でしたが、その結末も含めて楽しんで頂けたならとても嬉しいです。

本作は一巻時点から、男女ともに楽しめる作品を作りたい、という思いで執筆しておりました。最近は特にその傾向が強く、他作品でも気にしながら執筆しています。

性別を問わず楽しめる作品作りの、私の原点は間違いなく本作だと思います。そういう意味でも、思い入れの深い作品になりました。


最後に一巻に引き続き素敵なイラストを描いていただいたChum先生を始め、書籍化作業に根気強く取り組んでくださった編集部のTさんとOさん、ＷＥＢ版から本作を読んで頂いている読者の方々など。本作に関わってくださった全ての方々に、今一度最上の感謝をお送りいたします。

では、また機会がございましたらお会いしましょう！

おめでとうございます!!
今行くわ……
……zzz。

祝
2巻発売！
朝ごはんが冷めてしまいますよ…。
ーちゃむー
chum♡

世界へ!
ヘルモード
~やり込み好きのゲーマーは
廃設定の異世界で無双する~
二度転生した少年は
Sランク冒険者として
平穏に過ごす
~前世が賢者で英雄だったボクは
来世では地味に生きる~
贅沢三昧したいのです!
転生したのに貧乏なんて
許せないので、
魔法で領地改革
領民0人スタートの
辺境領主様
戦国小町苦労譚
毎月15日刊行!!
https://www.es-novel.jp/

ようこそ異
反逆のソウルイーター
～弱者は不要といわれて
剣聖（父）に追放
されました～
転生した大聖女は、
聖女であることをひた隠す
冒険者になりたいと
都に出て行った娘が
Sランクになってた
即死チートが
最強すぎて、
異世界のやつらがまるで
相手にならないんですが。
俺は全てを【パリイ】する
～逆勘違いの世界最強は
冒険者になりたい～
アース・スターノベル
EARTH STAR NOVEL

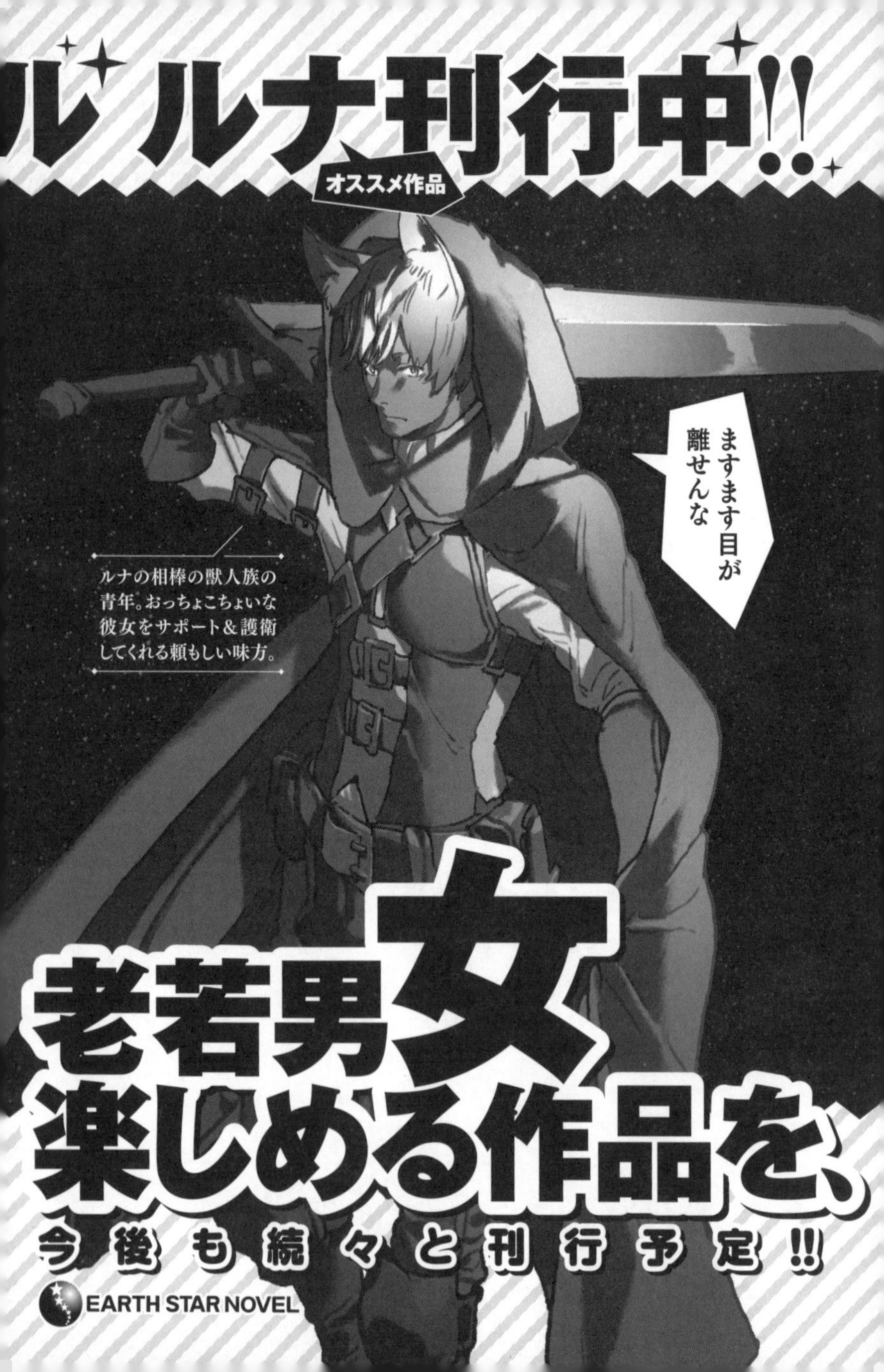
ルナ刊行中!!
オススメ作品
ますます目が離せんな
ルナの相棒の獣人族の青年。おっちょこちょいな彼女をサポート＆護衛してくれる頼もしい味方。
老若男女楽しめる作品を、
今後も続々と刊行予定!!
EARTH STAR NOVEL

EARTH STAR NOVEL

インチキ聖女と言われたので、国を出てのんびり暮らそうと思います 2

発行 ―――― 2021年11月16日　初版第1刷発行

著者 ―――― 日之影ソラ

イラストレーター ―――― Chum

装丁デザイン ―――― 山上陽一（ARTEN）

発行者 ―――― 幕内和博

編集 ―――― 筒井さやか　及川幹雄

発行所 ―――― 株式会社アース・スター エンターテイメント
〒141-0021　東京都品川区上大崎3-1-1
目黒セントラルスクエア　7F
TEL：03-5561-7630
FAX：03-5561-7632
https://www.es-novel.jp/

印刷・製本 ―――― 中央精版印刷株式会社

ISBN 978-4-8030-1580-5